そこはダメです、才賀さん!

★

麻生ミカリ
Mikari Asou

NIGHT STAR BOOKS

イラスト／アオイ冬子

第一章　味噌の朝

朝起きて、最初にテレビをつける。

特に見たい番組があるわけではない。ただの習慣だ。

「わあー、お湯を注ぐだけでお母さんの味がする」

小学校低学年とおぼしき少女が、お椀を手に嬉しそうな声をあげた。

ただのよくあるコマーシャル。

「家族の朝は味噌の朝～」

昔から有名なインスタント味噌汁のテレビＣＭだ。

ストーリー部分が変わっても、最後のテーマソングらしきものは同じまま使われている。

日本人なら誰もが耳にしたことのある曲だろう。

サイガ食品の『味噌の朝』というこの商品のおかげで、亜沙《あさ》は子どものころはずいぶんからかわれた。

三園《みその》亜沙という名は、音だけでいうなら完全に味噌の朝と一致している。ミソノアサ。

両親は意識して名付けたわけではないと言っていたが、小学生はその手のネタを見逃さない。

キッチンに立ち、電気ケトルでお湯を沸かす。手抜き白湯の準備だ。

本来白湯は、沸騰したあとにやかんのふたをとって十分から十五分ほど沸騰させつづけて作るものらしい。電気ケトルにそんな機能はないので、亜沙の場合は手抜き白湯だ。

――お湯を注ぐだけでお母さんの味になるなら、それはお母さんが味噌の朝を食卓に出してたってことじゃないかな。

先ほどのＣＭを思い出し、ふとそう思った。

今年二十六歳の亜沙が物心ついたときには、味噌の朝はすでに有名だった。

だとしたら、あのＣＭの女の子の母親が毎日インスタント味噌汁を家族に出しているとしてもおかしくない。

商社で働く亜沙の同僚たちも、海外出張に行くときにはたいてい味噌の朝を持っていく。

――そう、あの人も持っていったんじゃなかったかな。

ふと三年半前に見送った人を思い出し、亜沙はため息をつく。

「思い出したくない人ランキング第一位、ぱぱらぱっぱぱー」

ひとりでファンファーレを口ずさみ、用意した大きめのマグカップにお湯を注ぐ。

テンションを上げようにも上がりきらない。

亜沙はマグカップを手に部屋へ戻ると、ひとり用のソファに座り見るともなしに情報番組を眺《なが》めた。

寝起きの髪は、毛先がくしゃくしゃに絡んでいる。

十月も終わりに近づき、朝夕は気温が低い。

亜沙は一年の中で秋がいちばん好きだ。単純に春から夏は虫が増えるのが苦手で、冬は冷え性だから好きではない。消去法で秋が好き。

そういうところが相手によって、亜沙を人畜無害で無難な人物と思わせるらしい。実際、別に有害指定はされていないし、人から注目を浴びるような個性もないので不満はない。

ただし、俺様気質の男性は亜沙を『おとなしい女性』とカテゴライズしたがるイメージがある。

その代表格の美しい顔が脳裏をよぎり、亜沙は小さくため息をついた。

——思い出したくない人ランキングなんて、脳内でも作らなきゃよかった。

そのランキングを考える時点で、確実に思い出してしまう。

「はー、白湯、あったかぁ……」

体の内側を温め、今日も一日が始まろうとしていた。

・・・・・┃・・・・・・・・・・┃・・・・・

榛《はしばみ》商事マーケティング事業部で働く亜沙は、見た目だけならおっとりしていておしとやかで優しげに見えるらしい。

中身はおよそおしとやかとはほど遠いのだが、職場で会うだけの相手にいちいち明かして回る必要もなく、今日もふわっと仕事に励む。

「三園さん、今日もかわいいなー。まじで癒《い》やし」

「おい、俺の三園さんで勝手に癒やされるなよ」

「いつからおまえの三園さんになった」

寝起きはくしゃくしゃだったセミロングの髪を、しっかりヘアアイロンでストレートに整えただけの、手抜きメイクとずぼらコーデで出社してきているのに、黙っていれば勝手に周囲が癒やされてくれる。

女友だちからは「中身はぽんこつなのにね」と笑われるが、二十六年もこの外見で生きてきているので男性の勝手な妄想には口を挟むべからずと心に決めていた。

実際、遠くで好きなことを言う相手に言うべきことなどないのだ。

――あー、お肉食べたい。今夜は鶏もも肉だ。一昨日塩揉みして寝かせておいたから、焼くだけでもおいしくなっているに違いない。皮がパリッとして、肉汁がじゅわー……

統計資料をまとめながら、亜沙の頭の中は今日の夕飯のことでいっぱいである。

三園亜沙、二十六歳。

好きなものは肉全般、趣味はグルメ番組の録画を見ること。

月に一度の贅沢《ぜいたく》は、ひとりでちょっといいレストランに出向き、おいしいお肉を食べる。

そんな彼女が、恋愛から遠ざかっているのは自明の理だろう。

もちろん、亜沙だって人より肉への執着が強いだけで過去に恋人がいた時期がないとは言わない。

ただし何人もの男性を渡り歩いてきたわけではなく、基本的にはおつきあいを申し込まれてもお断りさせていただくことが多い。

——パリパリの皮を楽しむなら、ポン酢ソテーもいいんじゃない？　大根おろしと柚子胡椒を添えると完璧！

本人が自覚している特技は「ぼんやりしつづけられる」とか「休日に十三時間眠りつづけられる」とか、しょうもないものだが、実は亜沙は肉のことを考えながら仕事ができるという妙技を獲得していた。

発揮したところで誰にも気づかれない、虚《むな》しい必殺技である。

——いや、待って。久々にホットプレートでチーズタッカルビというのも悪くない。甘辛いこってりした味付けに、チーズがとろーり。あああ、これはおいしい。絶対おいしい。

脳内で鶏もも肉の味付けが次第に濃厚なものに変化していく午前中。

その声は唐突に聞こえてきた。

「えっ、才賀《さいが》さん⁉」

「嘘《うそ》、だって海外勤務のはずじゃ……」

——才賀さん？　まさかね。彼がいるわけがない。

亜沙の耳が、ぴくりと反応する。

心の中では動揺しているけれど、顔は正面の液晶モニターを向いたままだ。

そんな亜沙の耳に、懐かしい声が聞こえてきた。

「ご無沙汰《ぶさた》しています。本日より本社の海外事業部に戻りました」

理知的でありながら、どこか甘い響きを宿すやわらかな声。視覚以外の全神経が彼に向く。

──と、鶏肉が、あの、えっと……

「えー、やだ、そんな堅苦しい挨拶《あいさつ》」

「最初くらいはびしっとな？」

「もう、最初だけなの？」

女性社員とくだけた会話をする彼の声に、亜沙はぐっと下唇を噛《か》んだ。

これは終わった恋。

好きなものの中に、彼は含まない。

──わたしはお肉があれば幸せ。

「これ、マーケティング事業部の皆さんにお土産。よかったら食べてよ」

「きゃー、ありがとう、才賀さん！」

そのイケメン、名前を才賀凌《りょう》太《た》朗《ろう》という。

社内屈指のモテ男子であり、結婚したい独身男性第一位と呼び声高く、彼がフランスの事業所に出向すると決まったときには多くの女性社員が落胆した。

そして、亜沙の唯一無二の元カレである。

「三園」

「…………はい」

名前を呼ばれて、彼が亜沙の背後までやってきてしまったことに気づいたものの、すぐに振り返る気持ちにはなれない。ほのかな不満をたっぷりと沈黙に含んで振り向いた。つもりだった。

「相変わらず、動きが緩慢だな。久しぶり、元気だったか？」

おっとりしているといえば聞こえはいいが、つまりは行動が鈍《にぶ》いということだ。

――そちらこそ相変わらず、相変わらず……っ！

うんざりするほど、顔がいい。

才賀凌太朗は、少女漫画から抜け出してきたような容貌の男性である。

艶《つや》のある黒髪に男性とは思えないほどすべらかな頬、顎が細く輪郭はシュッとして、形良い目は無表情でいても少し微笑んでいるように見えた。

いわゆる王子顔。そして、少しばかり俺様王子だから始末に負えない。

――でも、才賀さんの顔がどんなにきれいでもわたしには関係ない。なぜならわたしは、才賀さんより超熟成牛のほうが好きだから。

「お久しぶりです。日本にお戻りだったんですね」

三年六カ月前と同じだと思うなよとばかりに、亜沙はにこりと微笑《ほほえ》んだ。

「ねえ、才賀さん、帰国祝いの飲み会やるってほんとですか？」

短い会話をかわしていると、女性社員が声をかけてくる。

「ああ。海外事業部でバルを貸し切りにしてくれてるらしいから、暇な人は参加してよ」

「えっ、いいんですか？」

――どうぞご自由に。わたしはおうちに帰って、おいしい鶏もも肉を……

「参加します！」

「御々苑《ぎょぎょえん》グループがやってる『ＧＧ』っていう肉バルで――」

「いえ、わたしは……」

「三園も来るだろ」

気づけば、亜沙は右手を高々と挙げていた。

先週の土日にグルメ番組で、人気店『ＧＧ』の熟成肉のグリルを見たばかりである。

表面は格子状に焼き目があり、豪勢に分厚くカットされた断面は見ただけで舌が蕩《とろ》けるようなサシのたっぷり入ったレア。岩塩とワサビでいただくのが『ＧＧ』流、と言っていた。

――とろける牛肉ぅ……！

すでに口の中は牛脂の気配を感じはじめる。

「え、三園さんが参加するなんて珍しい……」

しかし、女性社員の声で我に返った。

亜沙は基本的に社内の飲み会にほとんど参加しない。

お酒はたしなむ程度で、主に肉を食べたい。なんなら飲み物は水でもいい。

だが、社内の飲み会に参加すると満足に食べられないことが多いため、どうせお金を払って外食するならひとりで好きなお店に行くほうを選んでしまう。

その結果、おひとり様ライフに拍車がかかった。

――どうしよう。常にぼっちのわたしがいきなり参加するって言ったらあやしまれるかな。肉好きだとバレるかもしれない。

まあ、バレたところでたいして問題のない話ではあるのだが、なんとなく面倒な気配がする。

「三園とは新人研修からのつきあいだからな。帰国祝いくらいしてもらわないと」

「そ……そうですね。新人のころはお世話になりました」

助け舟に食らいつく勢いで、凌太朗の言葉に乗っかった。

入社当初からのつきあいなのは事実だ。ただし、彼はこの三年半ずっとフランスにいたというだけで。

笑いを含んだ目で、凌太朗がこちらを見る。

——意味ありげな顔をしないでください。肉好きの何が悪いっていうんですか！

心の中で文句を言って、亜沙は曖昧《あいまい》に会釈をした。

「それじゃ三園、十九時に現地集合だけどいい？」

「〜〜〜っっ、はい、お伺いします」

女性社員を引き連れて、凌太朗が亜沙の席から去っていく。

——はあー、熟成肉のグリルは楽しみだけど才賀さんの帰国祝いか……。

悩ましい問題を前に、亜沙の胃袋はぐう、と小さく空腹を訴えた。そろそろ昼食時である。

思い出したくない人ランキング第一位の男は、秋風とともに帰ってきた。

相変わらずの美貌と、別れた事情なんてすっかり忘れたような態度。

Who Killed Cock Robin?

とりあえず、肉に罪はない。肉汁無罪。異論は認める。

……┃……・……┃……

昔から、恋愛面における情緒がどうにも欠落していると思うことがあった。

地元の小中学校の同級生たちは、のちにそれを「子どものころ、男子にからかわれすぎたせいじゃない？」と言う。

実際、『味噌の朝』のせいで名前を揶揄《やゆ》された回数は、十人分の両手両足の指を足しても足りなかった。

だからといって、それが原因かどうかなんて亜沙本人にもわからない。

恋愛にまったく興味がないとか、嫌悪感があるとかいうのなら違う理由もありうるのだが、そこまで敬遠しているわけではないのだ。

誤解を恐れずに言うと、世にもてはやされるイケメンが苦手だ。

顔が苦手なのではなく、イケメンとして生きてきた人の性格が好きにはなれない。

何をしても許されるのを知っていて、壁ドンやら顎クイやら、ああいうことを現実に実行する男性に困惑してしまうのである。

過去、亜沙が憧れた男性は中学時代の美術教師と大学時代の地味めな先輩。どちらも競争率は低かったけれど、告白することもなく終わった。

バレンタインデーに女子が誰にチョコレートをあげるか話しているとき、亜沙はファストフード店の季節のバーガーを食べることばかり考えていた。

学祭を好きな男子とまわりたいという話題のときには、飲食店をやるクラスのメニューに夢中だった。

修学旅行で告白するかどうかに盛り上がる周囲をよそに、ご当地のブランド肉を食べられるレストランのことで心はいっぱいだった。

つまり、恋愛よりも肉が好きだった。

だが、イケメンより肉をこよなく愛しているのとは別に、なぜか亜沙は俺様気質の男性から好まれることが多いというのが問題なのだ。

高校、大学となぜか自分にとても自信のある先輩から「俺のこと好きだろ？」「つきあってもいいんだぜ」というまったく理解できない発言をされた経験がある。

黙っていればおとなしく優しそうに見えるというのは、そういう誤解を生むらしい。

そして俺様というのは、往々にしてこちらの話をあまり聞いていないから嫌になる。

かつて、才賀凌太朗とつきあうことになったときもそうだった——

「あれ、三園さん来てたんだ？」

「はい」

「珍しいね。何か飲む？」

「ありがとうございます。だいじょうぶです」

顔見知りの海外事業部の男性社員に返事をし、亜沙はカウンター内の鉄板が見える位置へ移動する。

人気バル『GG』を貸し切っての帰国祝いには、榛商事の人たちがあふれかえっていた。

ぱっと見て知っているだけでも、海外事業部のほかに亜沙のいるマーケティング事業部、営業部、総務部、人事部の人も来ている。

普通、一社員の帰国祝いでこんなに大仰なことにはならないのだが、才賀凌太朗というのは顔がいいだけではなく社内きっての人たらしだったことを思い出した。

老若男女を問わず、榛商事で働く人は多くが凌太朗を高く評価していた。

仕事ができて面倒見がよく、王子フェイスを活用して笑顔を振りまくのだからそれも当然か。

――皆さんだまされてますよ！　その人は、王子様みたいな顔の俺様なんですよ！

そうは思えど、特に口に出すことはない。

華やかな人たちに囲まれる凌太朗より、亜沙の心は鉄板の上でじゅうじゅうといい音で焼ける牛肉に夢中だからだ。

テレビで見るより当然ながら臨場感がある。

見た目と音だけではなく、温度と香りによっていっそう牛肉への愛情が高まった。

――この芸術的な光景を動画に撮りたい！

右耳にサイドの髪をかけて、亜沙は調理担当の男性がいる厨房に身を乗り出す。

「あの、すみません」

「なんでしょう？」

「動画って、撮影してもいいですか？」

「？　肉のですか？」

「はい！」

男性は、一瞬困惑を眉根に寄せた。

「あっ、どこかに公開とかしません。ＳＮＳにも上げません。わたしが個人的に楽しむためにお肉が大好きなんです！」

「店内は撮影禁止ではありませんのでどうぞ」

力説する亜沙がおかしかったのか、彼は少し微笑んで許可を出してくれる。

――さすがいい肉を扱うプロは人間ができてる。

感謝の気持ちを込めてスマホのカメラを起動すると、そこにずいと大きな手が割って入ってきた。

「三園」

手の主を見上げると、そこにはさっきまで人だかりの中にいた凌太朗が不敵な笑みを浮かべている。

「あの、わたし今、お肉撮影させていただくところなので……」

邪魔しないでくれませんか、と言外ににじませたつもりだったのだが、相手は一筋縄ではいかない。

「せっかくの帰国祝いなのに、俺にひと言もおかえりがないんだけど？」

「そうですね。おかえりなさい」

即答したのは、自分の非を認めたからではなく、彼が亜沙にとって「日本語の通じない相手」だからだ。

この世には同じ言語を話していても、会話の成立しない相手というのが存在する。

亜沙にとっては、俺様気質の男性がそれだ。

じゅうじゅうと今にも焼き上がりそうな肉塊を前に、すぐさま撮影したい状況の自分に対しておかえりを要求する。

――それ、今じゃなくてもいいですよね？

「心がこもってない。やり直し」

今度こそ撮影をとスマホをかまえている亜沙の肩を、彼がぐいと引き寄せる。

「才賀さん、お肉が！」

「俺と肉とどっちが大事なんだよ」

「お肉です」

何を当然のことを。

亜沙は心からそう思った。

「……ほんとうに変わらないな、亜沙は」

腰から背骨を伝って、得も言われぬ何かが駆け抜ける。

――これは……怖気《おじけ》だ！　俺様への恐怖！

「できれば三園と呼んでいただけると……」

「ちなみにローストビーフ持ってきたけど。亜沙、好きだったろ？」

「ええ、もちろん！」

力強く答えてしまい、自分の迂闊《うかつ》さにがっかりする。

だが、人は肉を前に嘘をつけない。少なくとも亜沙はそうだ。

「ありがとうございます」

スマホをバッグにしまい、両手を伸ばした。皿を受け取るためである。

その手を彼がつかむ。

――ん？

ふわりと優しく腕を引かれ、亜沙は顔から彼の胸に突っ込んだ。

――んん？

違和感は、加速するばかり。

というか、今夜は社員が多く集まる場だというのに、凌太朗はいったい何を考えているのか。

「もう酔ってるんですか？　ご冗談はやめてくださいね」

「そっちこそ。なんだよ、その口調」

「何かお気に召さないですか」

「ああ、召さないね。まったくもって召さなすぎる」

「だったら離れてください」

彼の胸を両手で押し返す。

すると、なぜか凌太朗は亜沙の耳元に顔を寄せてきた。

「誰が離すか。覚悟しろよ？」

——はい？

これだから俺様という生き物は会話が成立しない。

別れた男と密着状態で覚悟を尋《たず》ねられる、そんな理由が亜沙のほうにはないのだ。

「覚悟はないので離れてください」

「いいから肉を食え」

むぐ、と口にローストビーフを押し込まれた。

——はぁぁぁぁぁぁあん！　美味！

秒で天国に到達するほどの味わいである。

赤身肉をじっくりとローストした芳醇《ほうじゅん》な香りと、噛みしめるほどに膨らむ旨《うま》み、そこに絡むのは玉ねぎとセロリを感じるグレイビーソースだ。

肉を飲み物だと言う肉好き派閥があるのも知っているが、亜沙はしっかりと噛んで食べたい派だった。

口に入れた瞬間と、最初の咀嚼《そしゃく》、よく噛んだあとの味わいを全部楽しみたい。

鼻から抜ける軽やかなのに強めの牛の香りもたまらなかった。

「……ほんとうに相変わらずだな」

──ええ、相変わらずというかいつだってローストビーフは美味《おい》しゅうございます。牛肉最高！

心の中で返事をしつつ、亜沙の五感は牛肉に集中している。

「お客様、よろしければこちらの熟成肉のグリルもお取り分けしましょうか？」

鉄板で焼いていた肉の調理が終わったらしく、盛り付けた大皿を手に調理人の男性が声をかけてくれた。

「はい、お願いします。彼女が迷惑をおかけしてすみません」

亜沙が返事をするよりも先に、凌太朗が厨房に笑顔を向ける。

彼女という言い方が、微妙に引っかかった。もちろん、三人称としての彼女でしかない。それはわかっている。

「肉女、これで満足か？」

「焼いている動画を撮れなかったのは才賀さんのせいです。なので才賀さんの分もわたしが食べます」

「強欲か」

差し出された皿を奪い、ふんと顔を背けた。

──ていうか、あなたわたしのことフッたって覚えてます⁉

そんなことを思いつつ、熟成肉を口に運ぶと亜沙のほうが過去の恨みをすっかり忘れてしまう。

「んんんんん！」

「おいしいならよかったな」

なぜ肉は熟成されるとこんなにも味を変えるのだろうか。

どっしりとした深みのある味わいに、亜沙は目を閉じて心を凝らす。

この一年、ひとりで旅行に出かけた回数は三回。行き先は国内のブランド牛が有名な場所ばかりだった。

――お肉はすべてすばらしい！　どのお肉もおいしくて、愛情たっぷりで、幸せをくれる！

おひとり様グルメを極めつつある亜沙の次なる目標は、海外旅行である。

国内の肉すらまだ食べ尽くしていないけれど、いろいろなグルメ番組で知った情報によれば熟成肉のステーキはニューヨークが本場らしい。

しかも海外での食事は、白飯やパンより肉をメインに食べるものだと聞いている。

肉さえあれば幸せな亜沙にとって、炭水化物よりもタンパク質でお腹いっぱいになれるのは夢のような話だ。

「っていうか、肉女ってなんですか！」

「反応遅すぎだろ」

「全部、牛のせいです」

「今すぐ世界中の牛に謝罪しろ」

「才賀さんこそ、さっさと皆さんのところに戻ってください。わたしはひとりでじっくりお肉を堪能したいんです」

「俺の帰国祝いの席で、よくもそんなことが言えたな」

彼の言わんとすることも、わからなくはない。

たしかにこうして高級な牛肉を食べられるのは、凌太朗が帰国したおかげだ。

だが、亜沙は参加費を支払っている。なんなら、祝われている当事者の凌太朗はお金を払っていないだろうから、彼の分もわずかに分担しているくらいだ。

「才賀さんは、才賀さんを好きな人たちの中にいればいいと思います」

「……おまえは？」

「わたしは、お肉のほうが好きです」

躊躇《ちゅうちょ》なく即答すると、彼はわざとらしくため息をつく。

「なるほど、そういうことなら俺も遠慮はしない」

――どうぞどうぞ、遠慮なくファンの皆さんのところにお帰りください！

彼は亜沙の肩に腕を回した。

「？　何を……」

言い終える前に、海外事業部部長がこちらに手を振っているのが見える。

もちろん、亜沙に振っているわけではない。四十代とは思えぬ美魔女と名高い部長は凌太朗を見ていた。

「才賀さん、主役がそんな隅にいたら駄目《だめ》ですよ。あなたと話したい人がたくさんいるんですから」

部長の言葉に、凌太朗がうなずく。

そして彼は、亜沙の肩を抱いたまま歩きだそうとするではないか。

「っちょ、才賀さん、離して」

「そうはいくか。言っただろ。遠慮はしないって」

――むしろ、いったいいつ遠慮したことがあるっていうんですか！

ここで無理やり凌太朗の腕を引き剥がすことはできるかもしれないが、周囲の目が気になる。

とはいえ、本日の主役に肩を抱かれているというのも、それはそれで視線が痛い。

「すみません。久々に彼女との再会に盛り上がってしまいまして」

亜沙以外の人物と話すとき、凌太朗は冗談なのか本気なのかわからない口ぶりになる。

今も、カジュアルに『彼女』なんて言ってはいるけれど、これが恋人の意味なのか、ただの三人称なのかは判断しにくいと思う。現に亜沙も、どうとらえていいかわからず曖昧な微笑を浮かべるのがやっとだ。

「え？　彼女って……」

「ああ、才賀さんが新人研修を担当したんだっけ？」

「四年前か。才賀さんに研修してもらえるなんてラッキーだよね」

周囲の社員たちが、それぞれ勝手に話を進める。

なぜ、亜沙の知らない相手が凌太朗が新人研修担当だったことまで知っているのか。

それはひとえに、彼の人たらし能力によるものだと思う。

――そういう理由があって、あのころつきあってたことも秘密にしていたし。

凌太朗の人気がなくとも、新入社員がいきなり先輩とつきあうのは公表しにくいところもある。

いつまでも学生気分でいるとか、会社に何をしにきているとか、言う人がいるのは想像できた。

「あの、才賀さん、わたしはこれで」

「遠慮しなくていいよ、三園」

注目を浴びるのが苦手で、さっと離れようとした亜沙を彼は逃がすものかと笑いかけてくる。

――んんん？　なんか、イヤな予感が……

「彼女って言ったら、つきあってる相手って意味のほうですよ。俺たち、実は海外勤務前からつきあってました」

「えっ？」

「は？」

「なっ……」

「マジで⁉」

にこやかに宣言する凌太朗に、周囲だけではなく耳をそばだてていたらしい遠くのほうからも声があがった。

そして当然ながら、

「ええ……っ⁉」

亜沙の口からも、驚愕の声が漏《も》れていた。

――こ、この人、何を言い出したの⁉

「な、三園？」

たたみかけるように、凌太朗がこちらの顔を覗《のぞ》き込んで同意を求める。

――つきあってません！　少なくとも今は！

そう言いたいのに、彼の笑顔の中でまったく笑っていない目が怖すぎた。

きれいな顔をしている分、眼力《めぢから》がすごい。

抗《あらが》おう。抗わなければ。ここで折れたら、あとが面倒になる。

頭ではわかっているのに、まばたきひとつせずに「肯定しろ」と目だけで訴えてくる凌太朗を前に、

「は……はい…………」

心が折れた。

歓声がわきあがり、目の前が白くにじんだように頭がくらくらする。

「なんだよ、フランス行く前からぁ？」

「もっと早く言えよ。三園さん、三年半も寂しかっただろ」

「すみません、彼女は恥ずかしがりやなんです。それに、体裁が悪いじゃないですか。新人研修で担当した子に手を出したみたいで」

「まさにそのとおりじゃないか」

軽やかに、楽しげに、誰もが笑顔で話している。

亜沙だけが頬を引きつらせ、折れた心を癒やすためにグラスを煽っていた。もちろん肉とワインの割合は九対一で肉優勢だが――

大学卒業後、榛商事に入社して最初に名前を覚えた先輩社員が才賀凌太朗だった。

それもそのはず、彼は亜沙たちの代の新人研修オリエンテーションで進行役を務めていた。先輩の中で最初に名前を知ったというより、同期よりも先にみんなが凌太朗の自己紹介を聞いたのだ。

当時まだ二十五歳だった彼は、入社三年目。

たった三年であんなふうになれるだろうかと、同期の男性たちは休憩時間に話していた。

見た目こそ新入社員たちとそう違わないのに、凌太朗はあのころから仕切りがうまく、ものごとのスムーズな進行を得手としていたのだろう。

そして女性たちからは早くも最優良物件として見なされ、いつでも人に囲まれている。

雑賀凌太朗は、そういう人物だった。

つまり亜沙からすれば、もっとも遠い人ということになる。

「ねえ、才賀さんってかっこいいよね」

「あっ、日村《ひむら》さんもそう思った？」

「てことは野田《のだ》さんも？」

「みんな思うことは同じかあ。あーあ、あんな彼氏がほしいなあ」

最初はこちらに向けられた声が、ほかの同期女性たちと盛り上がっていく。

「それより、社員食堂のメニュー見た？　とんかつラーメンってどういう組み合わせか気になるよね」

タブレットで社内情報を確認していた亜沙は、空気を読まず今日いちばんの気になるテーマを口にした。

会話がとまる。それはまるで、天使が通ったように。

「え、とんこつラーメン？」

「ううん、とんかつラーメン」

「あー、カロリーすごそうだね……」

「ていうか、才賀さんよりとんかつラーメンが気になるの、三園さん……？」

食は人生の基本だ。

イケメンと結婚できなくても死ぬことはないけれど、食べなければ確実に死ぬ。そして肉を食べないと亜沙の場合は心が死ぬ。

「それ、最初はただの誤植だったんだよ」

そこに話題の凌太朗がやってきたから、女性たちの盛り上がりは火を見るより明らかだ。

「えっ、才賀さん？」

「休憩って、才賀さんも一緒なんですかぁ？」

「休憩くらいさせてくださいよ。俺だって三年前は新人だったんだぞ」

——うーん、うさんくさい。

すぐに場にとけこむ彼を見て、亜沙はひそかに思う。

この手のコミュ力おばけは今までにも見てきた。そして、そういう男性は往々にして自分が許される側だということを知っている。

――普段は感じよく誰とでも話してるけど、微妙に俺様の気配がする！

俺様嫌いの亜沙にとって、天敵は本性を現していなくても察知できる――こともある。

「で、三園さん、そのとんかつラーメンだけど」

「……はい」

「もとはとんこつラーメンだったんだって。それが誤植でとんかつラーメンって表記されて、社食の調理師さんが『だったらとんかつラーメンを作ってやろう！』みたいな流れで生まれたメニュー」

愛想の悪い亜沙を気にすることなく、彼はにこにこと笑いかけてくる。

「えー、そうだったんですね」

「でもとんかつって、ラーメンのスープ吸ったらころもがべちゃべちゃになりません？」

――すごい。わたしが返事をしなくても会話が進む！

こういうとき、女性のパワーに感動を覚える。

たぶん、イケメンを原動力にできるか否《いな》かが彼女たちと亜沙の違いだ。

――あとたぶん、会話のテンポが違う。

ぽんぽんと飛び交う声を聞いているだけでじゅうぶん楽しい。自分がそこに参加するより、人の会話を聞くのが好きだった。

休憩終わりが近くなり、亜沙はひとりで自販機に向かう。

午後は絶対眠くなるから、コーヒーを買っておきたかった。

「三園さん」

「あ、はい」

自販機の並ぶコーナーで、名前を呼ばれて振り返る。

――またこの人。なんかよく会う。

「コーヒー買いに来た？」

凌太朗は、『飲み物買いに来た？』ではなく、コーヒーと決めつけていた。

――それは、わたしが午前中も眠そうな顔してたってこと？

返事をする前に、彼が「どれ？」と重ねて質問してくる。

「え、えっと」

「俺のおすすめはコレ。飲む？」

無糖の缶コーヒーを指さされ、反射的に亜沙はうなずいてしまった。

凌太朗がボタンを押し、そのままスマホで決済をする。スマートですみやかな一連の動作に、思わず見惚《みほ》れた。

「はい、あげる」

「あ、お金を払います！」

「いいよ。もう買っちゃったし」

財布から小銭を出そうとしていると、彼が強引に缶コーヒーを渡してくる。

「え、あの、でも」

「午後眠くならないように」

「……ありがとうございます」

あまり強く拒絶するのも、相手の親切に水を差す。そう思って頭を下げた、そのとき——

「あっ！」

運悪く、亜沙の財布には小銭がたくさん入っていた。

下を向いたせいで、財布の中からその小銭が一枚残らず床に散らばったのである。

「す、すみません」

亜沙よりも先にしゃがんで小銭を拾いはじめていた凌太朗に、お詫《わ》びを言いつつ膝をつく。

自販機の下にも転がっていったように見えたが、そこはもう諦めよう。

「俺が無理に渡したせいだから」

「いいえ、わたしがぼんやりしていて」

「うっとりじゃなく？」

——うっとり？

聞き間違いかと思ったが、顔を上げると凌太朗がドヤ顔でこちらを見つめている。

ああ、と亜沙は心の中でため息をついた。

またしても俺様男子に気に入られてしまったのかもしれない。

だが、まだ間に合う。今ならきっと、なんとなく興味を持った程度だ。

「どちらかというとうっかりです」

「へえ？」

彼は小銭を集めると、亜沙に手を差し出してくる。

指が長く、手が大きい。節が少し骨ばっていて、いかにも男性の手だ。

「重ね重ねありがとうございます」

「二度あることは三度あるって言うから、次に何かお礼を言われるようなことがあったら、具体的にお礼を頼むことにするよ」

「わかりました。なるべくご迷惑をおかけしないよう努めます」

「あー、そういうことじゃなくて」

「気をつけます。では、わたしはこれで」

今度は財布のファスナーをしっかり閉じてから、亜沙は踵《きびす》を返して廊下を早足に戻る。

――あれはやばい。絶対やばいタイプ。御《ぎょ》しやすい女だと認定したら、地獄の底まで引きずっていった挙げ句、最高の笑顔を見せそう！

そして自分は、いかにも御しやすい女だということを亜沙は知っていた。

正確には、御しやすいと思われやすい。だいたいのことを口に出さず、心の中で思っているだけなのが悪いのだが、だからといってなんでもかんでも言えるものではない。

絶対に三度目を回避しようと心に決めた亜沙だったけれど、オリエンテーションが終わったあとのグループ研修で見事に凌太朗が指導するグループに入れられていた。

必死に研修に取り組み、感謝はすれどもお詫びの必要なくかろうじてグループ研修も終わりを迎える。そしてついに、ＯＪＴで凌太朗とマンツーマンになってしまった。

これが神様のいたずらでない場合、人間が糸を引いている。おそらく凌太朗本人だ。ほかにこんなことをして楽しむ人はいないと思いたい。

「三園さん、海外事業部に興味は？」

「ありません！」

「……いや、そこはもう少し愛想があってもいいんじゃないか」

「わたし、総務希望なんです。現場向きの性格じゃないので」

「総務ねえ。まあ、あそこは女性も多い」

まるで総務の女性社員を全員把握しているような言い方に、亜沙はまたしても逃げ出したい気持ちになる。

被食者としての本能が、亜沙に伝えていた。この男は危険だ。この男に近づくと痛い目にあう。

この男に、恋をしてはいけない――

しかし、研修最終日に凌太朗は決定的なひと言を口にした。

「三園、俺とつきあえば？」

「ちょっと意味がわからないです」

「俺は三園のことといいなって正直思ってる」

「それは……光栄です？」

「なんで疑問形だよ」

「うまい具合にお断りしようとしているからですよ！」

「断らせないって言ってるんだけど？」

捕食者は、獲物を捕らえて逃がさない。

亜沙なりにがんばって断ったつもりだった。配属はおそらく別になるけれど、同じ会社の先輩が相手だから、精いっぱいやんわりと断った結果、なぜかふたりはつきあうことになっていた。

四月の終わりに初めてキスをして、ゴールデンウィークが明けた翌週に彼の部屋に泊まった。

「ま、まだ早いと思います！」

「俺はもう待ったつもりだけど？」

「もう少しおあずけで……！」

「好きな女と一緒にいて、待てができるほど俺は行儀のいい男じゃないって知ってる？」

瀬戸際《せとぎわ》の攻防戦は凌太朗のほうに勝機があるように思えたけれど、彼はギリギリのところで亜沙の気持ちを優先してくれる。簡単に言えば、挿入はしないでくれた。その代わり、挿入以外でいろいろなことをされてしまったけれど、とにかく最後の一線だけは超えなかった。

「いいんですか……？」

彼が自身の欲望を持て余しているのは、初心者の亜沙にも伝わる。

臍《へそ》に届きそうなほど張り詰めた劣情を前にして、わからないと言える者もいないだろう。

「いいよ。亜沙が俺を受け入れてくれるまで待つ」

「待てのできない男だって言ってたくせに」

「こういうのは天秤《てんびん》の問題なんだ」

「？　すみません、ちょっと数学は苦手で」

「おいこら、どうしてここで数学だと思うんだよ。上皿天秤は小学校の理科で習うだろ」

凌太朗は、笑いながら亜沙を抱き寄せる。

「俺の亜沙を好きだって気持ちより、亜沙が不安に感じてる気持ちのほうが強い。それを無理やり抱いたところで、天秤の傾きが変わるとは思えないからな」

彼の腕がどれほど優しいかを、もう知ってしまった。

肌に触れられるのは快感よりも羞恥のほうが勝るけれど、それも長くは続かないと頭のどこかで感じている。

遠からず、凌太朗に抱かれる日が来ると。


「――亜沙、なんでピーマンよけてんの」

「わたしは肉が食べたいです。作った才賀さんが責任持ってピーマンを処理すべきだと思います」

「肉だけじゃ栄養が偏《かたよ》るだろ。米を食べなさい、米を」

「米を食べたら肉が入る場所が減るじゃないですか！」

「ったく、どうしてこうも肉食なんだろうな」

「逆に、世の皆さんが肉以外のものを食べたがるのかわかりません」

「俺はおまえが食べたいよ？」

「しょっ……」

「しょ？　処女はもうもらう約束したと思うけど」

「違います！　食事中にそんな、そんなこと言うのは、肉への冒涜《ぼうとく》ですっ」

「はいはい、わかったからピーマン食べなさいって」

彼は料理上手で、面倒見がよく、外出の好きな人だった。

簡単にいえば、亜沙にはできないことをたいていこなせる人である。

「おーい、なんで約束の時間を過ぎても亜沙はベッドの中にいるんだ」

「……ねむいからですよ」

「眠いって、もう十一時だぞ」

「なんじだって、ねむいものはねむいんです」

デートの約束に遅れても、マンションまで迎えに来てくれる。

俺様で意思疎通ができないところもあるけれど、怒ることはない。声を荒《あら》らげることもしない。

とはいえ、週末ごとに出かけていては、大好きなグルメ番組の録画はたまる一方だ。

料理上手とはいえ、肉よりも野菜や魚を食べさせようとアヒージョやアクアパッツァなるものを作ってくれる。悔しいことに、彼の作る料理はどれもおいしかった。

そして、亜沙を慮《おもんばか》って挿入はしないでくれるものの、体には触れてくる。ほかの誰もさわったことのないような場所に、躊躇《ちゅうちょ》なくキスをする。

「や……っ……、そんなとこ、やだ……っ」

「こら、暴れない。ちゃんと感じてるだろ?」

「感じてませんっ……! ん、んんっ……」

「声我慢するなよ。俺は亜沙のかわいい声が聞きたくて舐めてるんだからな」

最初は違和感しかなかったはずが、次第に体が慣れていく。

それに追いつくように心が凌太朗に馴染《なじ》んでいく。

気づいたときにはキスの回数が数えられなくなった。

夏がやってくるころ、亜沙は初めて彼を体の奥深くに受け入れた。

最初は涙が出るほど痛くて、体の芯を打ち抜かれるような衝撃に、凌太朗にしがみついて耐えるのがやっとだった。

「痛、痛い……っ……」

「悪い。ここでやめられるほど俺も我慢がきかない」

「やあ……っ……、才賀さ……あ、あっ……」

指で慣らされるのとはわけが違う。

彼の劣情は驚くほど深く亜沙を抉《えぐ》った。

——こんなの、絶対おかしくなる。

「も、ダメぇ……」

「いい子だから、こっち向けよ」

「やだ、やぁ……」

「亜沙」

唇を重ねると、痛みよりも愛情が胸にこみ上げる。

いつもより余裕のないキスに、凌太朗がずっと我慢していたことを知る。

耳元で聞こえるかすれた声がせつなくて、同じ言葉を返せないけれど自分が彼を好きになっていることに気がついた。

「……好きだ、亜沙」

一緒に朝を迎えた回数が片手の指で数えられなくなるころには、夏が終わっていた。

それでもつきあっていることを周囲に明かさないよう凌太朗に納得をしてもらい、秘密の関係が八カ月ほど続いた。

ほんとうは、最初からわかっていたのかもしれない。

この人を好きになる予感があったから、逃げ出したい気持ちになったのだ。


八カ月が過ぎて、年末を迎えたころ。

凌太朗には、海外勤務の打診が来ていた。

海外事業部の彼と、マーケティング事業部の亜沙。

ふたりに初めての冬が訪れ、亜沙はふと気がついた。

凌太朗とつきあうようになってから、自分が自分ではなくなっている。彼のことばかり考えてしまい、自分らしさを失っていく日々。

それが恋愛なのかもしれないが、だとしたら世間の別れたカップルはどうやって立ち直るのだろう。


——才賀さんは、断らない。だってもともと海外勤務希望で入社したんだ。

そもそも海外事業部に配属されていながら、海外勤務を拒絶するというのは考えられないことである。

数年間、会社が指定した海外の事業所を運営し、帰国して出世するのが海外事業部の通例だ。

将来を見据えたら、断る理由なんてない。

——だけど、わたしは？　才賀さんがいなくなったらどうするの？

心は凌太朗でいっぱいになっている。

彼がずっとそばにいてくれることを、当たり前のように信じていた。

肉野菜魚果物をバランスよく食べさせようとしてくれる凌太朗がいなくなる日のことなんて、考えたこともなかった。

彼に内示されている勤務先はフランスだ。英語すらあやしい亜沙が暮らせる国だとは思えない。

——わたしは、これからひとりに戻る準備をしなきゃいけないんだ。

いずれ離れるのなら、なぜこんなに好きにさせたんだろうと思う気持ちもある。

かわいい、好きだ、ずっと俺と一緒にいろよ――そんな甘い言葉はピロートークの一環だったのか。

慣れないセックスも、甘くて苦しいほどのキスも、彼の優しい声も、すべてが幻のように消えていく日が来ることを亜沙は受け入れるしかなかった。

唯一可能性があるとすれば、それは彼が帰ってくるのを待っていてもいいという約束だ。

考えてみたら、これほど一緒に過ごしておきながら一度も好きだとすら言っていない亜沙を、凌太朗は責めたこともなかった。

――……え、それってヘンじゃない？　才賀さんはわたしに好かれていなくても平気ってこと？

「才賀さん」

「ん？」

「わたしのいったいどこが好きなんです？」

「……なんだ、そのひどい質問」

「だって、おかしいじゃないですか。才賀さんに好かれるようなこと、何もしてません。それどころか、いつも面倒ばかりかけてます」

「自覚があったとは驚きだよ」

そう言われて、好かれる理由なんてわかるはずがない。

けれど、彼の態度も表情も指先の優しさひとつとっても、凌太朗が自分を好きでいてくれるのが伝わってくる。

「最初だって、いいなって思うみたいなふわっとした感じでしたよね」

「あのな、死ぬほど好きで告白しないと恋愛が始まらないなんて言うなよ？」

「じゃあ、わたしのことを死ぬほど好きなわけじゃないと」

「あ――――、面倒な女！」

けれど言葉とは裏腹に凌太朗が亜沙を抱きしめた。

「俺は死ぬほど好きなんて言葉は嫌いだ。好きだから一緒に生きたいと思う」

「……そうですか。わたしだって、まだ死にたくなんかありません」

「だったらなんの問題もないだろ」

「ありますよ！」

春が来るころには離れ離れになる。

それを知っていて、彼は何も感じないのだろうか。だとしたら、ふたりの『好き』にはかなりの温度差がある。

「問題なんかない。俺は亜沙が好きだよ」

泣きたくなる自分がおかしいのかもしれない。彼にはない寂しさをひとりで噛みしめて、亜沙は唇を引き結んだ。

そして次の春。

凌太朗は、フランスへと旅立った。

そこでふたりの関係は終わったのだ。

「――なので、才賀さんとはおつきあいなんてできません！」

今度こそ流されまいと、亜沙ははっきり拒絶の言葉を口にした。

強引に二次会へと連れ出され、三次会はかろうじて免《まぬが》れたものの、いつもよりだいぶ酔って足元のおぼつかないまま、気づけば彼の泊まるホテルにいたのだ。

ここで断らなければ、また凌太朗一色の生活に戻ってしまう。

亜沙はそれが怖かった。

やっと吹っ切れたのに、今さらどうしてつきあっているだなんて言うのか。彼の気持ちがわからない。

――わたしはもう、あのころとは違う。おひとり様に磨きをかけて、焼き肉だって余裕でひとり予約で食べられる。

妙なところに自信を持ち、亜沙は凌太朗を挑戦的に見上げた。

そこに立っているのは、初めて心から好きになった人。

大好きで、どうしようもなかった人――


……◆……・……◆……

――どうせそう言うだろうとは思ってたけどな！

冷蔵庫からミネラルウォーターを取り出し、ホテルの客室に準備されたグラスに注《そそ》ぐ。

才賀凌太朗には、現在自宅がない。生家、実家というものはあるが、フランス赴任前に住んでいた賃貸マンションは解約している。

ホテル住まいの理由は、三年六カ月前の出国時に住民票を除票したため、転入届を出さないと住民票が存在しないせいだ。いったん、実家の住所に転入届を出してから新しいマンションを探す必要がある。

海外勤務希望を出す以前から話に聞いてはいたけれど、出国の際は会社が手厚い準備をしてくれるが、帰国後は自分でやらなければいけないことが多い。少なくとも、住居についてはそうだ。

そういう事情でホテルを定宿にする凌太朗だが、亜沙を部屋につれてきたのはふたりでじっくり話したかったからである。

ところが開口一番、彼女は言った。

つきあえない、と。

再会を喜ぶ気もなければ、凌太朗に会いたかったと泣くわけでもなく、彼女はまるで他人のように振る舞っていた。そのことを、少なからずこちらは悔しく思っている。

「つきあえないって、どういう意味だ？」

「それは、つきあわないって意味です」

「でも、俺たちは別に別れてないからな？」

少々思考回路が人と違う元彼女に対して、凌太朗は強気に出ることにした。

そうでもしないと、三園亜沙は自分を受け入れないことを知っている。四年前の経験が物を言う場面だ。

「わ、別れてない……⁉」

亜沙が驚くのも当然のことだろう。

事実上、三年半も連絡のなかった男が「別れていない」と言っている。普通なら「そんなバカな話があるか」と反論して然《しか》るべきだが、亜沙はここで考え込んでしまう。

——そういうところを、俺につけこまれるんだよ。

だが、ここで彼女の気持ちを優先するわけにはいかない理由が凌太朗にはあった。

三年と八カ月前の二月十四日。

折しもその日、東京は大雪が降っていた。

フランス行きの準備をする中、凌太朗は注文していた指輪を受け取り、電車遅延を乗り越えて亜沙のマンションを訪れた。

海外赴任の内示が出てから二カ月、彼は焦《じ》れる気持ちを懸命にこらえていたのだが、きっと彼女は知らないだろう。

社内一ともいわれる有望株の凌太朗が、海外勤務を前にほしくて仕方のなかった、たったひと言。

そもそも、亜沙とつきあいはじめるとき、彼女はかなり逃げ腰だった。それを知っていて少々強引に押しつづけ、彼氏の立ち場をもぎ取ったのだ。

抱きしめてもキスをしても、あまつさえ体を重ねてなお、亜沙は淩太朗に対して「好き」というひと言をくれない。

こちらは優《ゆう》に五十回、なんなら百回も好きと言った。それで未だに彼女からの一度の「好き」ももらえていない状況では、さすがに淩太朗もプロポーズをためらうというものだ。

「外、寒かったんじゃないですか?」

部屋に入ると亜沙が心配そうに――いや、なぜか不満げに問いかけてきた。

「ああ、寒かった」

「だったら、うちになんて来ないで自分の家に帰ったほうがよかったですよ。才賀さん、あと一カ月半で渡仏するんですから、体を大事にすべきです」

――フランスに行く前にやっておかなきゃいけないことがある。

彼女は、ふたりの関係をどう思っているのか。このまま、何もなく淩太朗がフランスへ渡ったとして遠距離恋愛をするつもりでいるのだろうか。

亜沙のことだから、のんきに構えているのだとしてもおかしくはない。

彼女は、淩太朗がこれまで出会ったどんな女性とも違っている。

第一に、恋愛より牛肉のほうがずっと大事だ。豚肉も鶏肉もこよなく愛しているようだが、こと牛肉になるとほかのものが見えなくなる。

第二に、見た目と中身のギャップがひどい。黙っていれば清楚な令嬢然としているし、仕事中は素を見せずにいるものの、プライベートではネジの緩み具合が常軌《じょうき》を逸《いっ》している。少なくとも淩太朗は、過去にデートの約束を四回も忘れられたことはなかった。

第三に、亜沙は凌太朗の外見にも学歴にも家柄にも興味がない。彼女の目に映る自分は、せいぜいが「わりと肉を食べさせてくれる人」程度ではないだろうか。

——自分で考えて胸が痛い。俺は肉以外も食べさせようと努力しているんだが、いかんせん亜沙が超肉食なせいだ。

だが、今日は彼女が「好き」のひと言をくれなくてもプロポーズをする決意で部屋へ来た。

「なあ、亜沙」

「はい」

「なんでそんな不機嫌なんだ？」

「……別に、普通です」

見るからに機嫌悪く、彼女は壁にもたれてベッドの上に座っている。膝をかかえて座る姿は、メイクを落としたあとということもあり、いつもよりずっと幼く見えた。

——まさか、俺のプロポーズを動物的勘で察知して嫌がってるわけじゃないよな？

海外事業部のホープである才賀凌太朗を、これほどまでに不安にさせるのは彼女だけである。

そして同時に、普段はぼんやりしていることの多い亜沙がまれに野生動物のような勘を発揮するのも事実だ。

「何か食べますか？」

「いや、今はいいよ。それより、亜沙」

「はい？」

「寒がってる恋人を温めてくれよ」

コートを着たまま、凌太朗は両腕を広げる。

すると、彼女が渋る猫の様相でベッドから下りてきて胸に寄り添った。

「才賀さん、服が冷たいです」

「悪いな」

「悪くはないです。才賀さんの香りがしますから」

くん、と鼻を鳴らす仕草が愛しい。

こういうところを見ていると、亜沙が自分に心を開いてくれていると感じられる。

——好きだと言わなくても、嫌っていないのはわかるんだよな。実際、恋人らしいこともしてるわけで……

「亜沙」

呼びかけると、彼女が顔を上げた。

顔を近づければ慣れた仕草《しぐさ》で目を閉じる。最初は、ただこれだけのことも大騒ぎだったのに、いつの間にか立派に恋人らしいふたりになった。

「んっ……、や、今は……っ」

軽く閉じた口を舌先でこじ開ける。

長いキスをしたかった。亜沙が頬を上気させるまで、唇を重ねていたいと思った。

弱い抵抗のあと、彼女の歯列が凌太朗を受け入れる。

逃げを打つ舌を捕らえ、ぐるりと螺旋《らせん》を描くように吸い上げれば、亜沙はせつなげに体をよじる。

——かわいい、俺の亜沙。

恋愛なんて、絶対的な価値観の存在しない依怙贔屓《えこひいき》の極致だ。

誰から見ても美人の亜沙だが、彼女を愛しいと思うのはそんな理由ではない。

おそらく誰もが「まじで？」と目を疑う部分にこそ、亜沙を好きになったきっかけがある。

「好きだよ、亜沙」

「ん……」

「亜沙は、俺のこと——」

どう思ってるんだ、と聞きかけて自分の言葉を封じるために再度キスを深めた。

——駄目《だめ》だ。亜沙はそういう抽象的な質問に答えるのがド下手《へた》くそだ。もっと簡単に、二択で選べるほうがいい。

「んんっ……んぅ、ん！」

夢中になって舌を絡め、何度も甘く吸い上げながら考えていると、亜沙が抗議するように声をあげる。

「んはっ……！　い、いきなりそんなにキスしないでください。心の準備が……」

「つきあって十カ月もたつのに慣れないのがかわいいな」

「そういうの、苦手だって言いましたよね⁉」

恥ずかしいと怒る。そういうところも愛らしい。

「キスもセックスも、全部俺しか知らないから仕方ない」

「……それは、ほかの男としてみろって言いたいんですか」

「そんなことさせるかよ」

「言われたところでしませんけど」

「するな。俺だけにしておきなさい」

「仕方ないですね」

年下の恋人は、ときどきひどく横柄《おうへい》な態度をとる。

――つきあってる男に向かって、この局面で仕方ないって。ほんとうに亜沙は……。

かわいくて仕方ない。

彼女ははっきり言わなくとも、今日の不機嫌の理由に凌太朗のフランス赴任がかかわっていることだってわかっている。

離れたいとは思われていない。ほかの男としないことを、自分とだけしている。それだけで亜沙にすれば凌太朗は特別な相手だということだ。

――たとえ好きだと言ってくれなくても……。

「だったら、亜沙が寂しくないように一緒に海外勤務に行くか」

照れ隠しもあり、わずかに冗談めかしてしまったのは許してほしい。

凌太朗にしても、プロポーズは人生で初めてなのだ。

「何言ってるんですか」

しかし亜沙は、真顔でこちらを見上げてくる。

――は？

さすがにこれには凌太朗も眉をひそめるよりない。

言い方が少しよろしくなかったにせよ、一緒にフランスへ行くかと尋ねて、その発言そのものを否定されるとは思わなかった。

「マーケティング事業部に海外勤務なんてありませんよ。それに、才賀さんがいなくたって……寂しくなんかありませんっ」

「……ああ、そうかよ」

顔を背けた亜沙を見て、気持ちが急降下する。

嫌いになったわけではないし、好きじゃなくなったわけでもない。

プロポーズが伝わっていなかったのが、自分ででも意外なほどショックだった。

――亜沙にとって、俺と一緒にフランスへ行くという選択肢は最初からないってことなのか？

だとしたら、あまりに滑稽なことを言おうとしている。

その気のない相手にプロポーズし、その返事を疑うことなく前もって指輪まで準備した。

「今日は帰る」

「こんな遅くにですか？」

「ああ。明日も荷物まとめないといけないしな」

「わざわざ雪の中を来たのに？」

「俺がいなくても寂しくない彼女の顔を見に来ただけだ。悪かったな」

コートを翻《ひるがえ》し、彼女に背を向ける。

さっきまで腕の中にいた亜沙のぬくもりが、もう恋しい。寂しいのは彼女ではなく自分のほうだと知っている。

「あの、才賀さん……」

「週末はゆっくりグルメ番組の録画見れば？　俺は邪魔《じゃま》しないから」

有り体《てい》にいえば、拗《す》ねていた。

好きな女に一世一代のプロポーズをしようとして、微妙に逃げの入った言い回しをしてしまった上、相手にはまったく伝わっていなかったのだ。

——俺、かっこ悪すぎる。

「じゃあ、おやすみ」

「おやすみなさい。気をつけて」

「ん」

外廊下に出てドアを閉めると、すぐには鍵を閉める音が聞こえてこない。

亜沙は、きっとまだドアの向こうにいる。

今すぐに戻って、言い直せばいい。結婚してくれ。フランス赴任についてきてほしい。

だが、はっきりと伝えても同じ答えだったときはどうすればいいのか。一度揺らいだ自信は、箇単に取り戻せない。

――ほんとうに、かっこ悪いな。

もう一度その言葉を自分の中に刻みつけて、凌太朗は歩き出した。

チャンスの神様には前髪しかない――なんて、使い古された言葉をあとになって噛みしめることになるとは、このときは思ってもみなかった。

結局、ふたりには二度とチャンスが訪れなかった。

いや、正しくは凌太朗に二度目のチャンスが訪れなかったというべきだろう。

それもそのはず、つきあって初めてのバレンタインデーに彼女の部屋で勝手に機嫌を損ねておとなげない態度で帰っていったのだ。

亜沙は、以降距離を取るようになった。

はっきりと別れたいと言うわけではない。彼女も迷いがあるのだと思いながら、その距離を埋めるだけの言葉を凌太朗は口にできなかった。

そして、日本を発つ直前に空港で彼女に言ったのは――

「少し距離を置こう」

終わりにしたくないからこそ、それしか言えなかった。

だが、凌太朗の言葉を受けて亜沙は一瞬で顔面蒼白になり、かすかに唇を噛んでうつむいた。次に彼女が顔を上げたときには、もう表情は落ち着いている。

「わかりました。気をつけて行ってきてください」

「ありがとう、亜沙」

「こちらこそ、ありがとうございました」

違和感を覚えなかったといったら嘘になるだろう。

今まで見たことのない表情と、過去形でお礼を言われたことに、心のどこかがジリジリと焦《こ》げる。

もし、これがフランス赴任の飛行機に乗る直前でなかったら、凌太朗にも余裕があったかもしれない。せめて、そうだったと思いたい。

バレンタインデーの失態に、空港での失言。

亜沙は二枚のイエローカードで、凌太朗との関係を切った。

それに気づいたのは、フランスについて十日後。

SNSのメッセージに既読がつかないまま十日が過ぎ、アプリで通話をかけたけれど出てくれない。時間帯が悪いのかと思ったが、そうではなかった。

国際電話をかけてみて、亜沙の電話番号が存在しないことがわかったのである。

「嘘だろ」

たしかに自分に悪いところがあった。けれど先に距離を取ったのは彼女のほうだ。

そんなことを延々と考えて、答えが見つかるはずもないと知る。

日本から約一万キロメートルも離れた場所で、彼女に今の気持ちを伝える方法はない。

会社のメールアドレスに連絡するという方法はあるけれど、亜沙がこれほどきっぱりと自分を拒絶しているのが彼女の答えなのだ。

だから、これ以上の答えを相手にもとめてはいけない。自分で自分の心の置きどころを見つけるだけの話だった。

休暇に帰国することもなく、かといって亜沙以外の女性と関係を築く気にもなれず、長い時間をひとりで過ごした。

三年半は、凌太朗にとってはじゅうぶんすぎるほどの時間だった。

彼女を――亜沙を、あのときどうして傷つけるしかできなかったのか。自分の愚《おろ》かさを問う日々を過ごし、やっと気づいた。

亜沙に会いたい。

もう一度、亜沙を抱きしめたい。

そして、ふたりはもう一度出会う。三年六カ月後の東京で。


「別れてないって、どういうつもりで言ってるんですか……？」

ホテルの部屋で、亜沙の声はわなわなと怒りに震えている。

「いいですか、よほどの事情がないかぎり三年半も連絡をとらずにいるカップルは存在しません」

「俺たちには相応の事情があった」

「ないです！　むしろ、はっきり終わってました！」

――わかってる。俺が悪い。

それでも、他人行儀に振る舞われるより怒られるほうがマシだった。

彼女の感情にかかわっている。そう思えることをマシだと言えば、さらに気分を害すだろう。

「へえ？　じゃあ俺はいつ、亜沙と別れるって言った？」

必要以上に高圧的になってしまう自分を、亜沙が信じられないとばかりに凝視する。

「うう……、それはたしかに、言われてませんっ……っ」

「だったら別れてない。三年半、浮気しないで待ってたんだろうな」

「まっ、またそうやって……！」

三年半で、彼女は凌太朗の知らない表情を増やした。

怒る顔には複雑な感情が混ざり、今は羞恥《しゅうち》に頬を赤らめている。

――浮気していないか確認して、恥じらわれるっていうのはどういう感情の動きだ？

久しぶりに会う亜沙は、以前に増して凌太朗の想定を超えていた。

実際、ふたりがずっとつきあっていたというのは無理がある。

亜沙がほかの男と関係を持った時期があっても責める気はない。ほしいのは過去ではなく未来だ。

「才賀さんは不埒《ふらち》です！」

「ふらち……？」

意味がわからないのではなく、この流れで不埒だと言われる理由がわからない。

「どうしていつも、体の問題で語ろうとするんですかっ。わ、わたしは才賀さんがいなかったからって、体が疼《うず》くなんて思ったことありません！」

動揺したのは凌太朗のほうである。

――こいつは何を言い出したんだ⁉

つきあっていたときでさえ、そんな言い回しをされたことはない。

たしかに浮気の有無については問うたが、亜沙の返答はだいぶ違う方向から凌太朗の心を抉った。

いてもいなくてもいい。

亜沙にとって、自分は不要な存在。

――俺をただの棒とでも思ってんなら、それは糺《ただ》してやらないとな。

胸の前で腕組みをし、凌太朗は不敵に彼女を見下ろした。

「俺がいなくても体が疼かないんだな？」

「そうです」

「だったら、俺がいたら疼くのか？」

「なっ……」

酔いと含羞《がんしゅう》に染まっていた頬が、さらにひと刷毛《はけ》赤みを増す。

「うううううずくとか！　そういう言い方はよくないと思います！」

「学級委員かよ」

「違います。ただ才賀さんの言い方はどうかと」

「そっちが先に言ったんだろ？」

恋愛感情を残しているのは自分だけだと痛感し、追い詰める言葉を選んでいる自覚があった。

心をくれないのなら、体だけでも――

それが男の本性だというつもりはない。ほんのひとかけらだけでも、彼女がほしい。それだけだ。

「なあ、亜沙」

一歩、ふたりの距離を縮める。

亜沙はそれにつられて一歩あとずさった。

彼女の背後にあるのは、ベッドと大きな窓だけだ。逃げ場なんてここにはない。

「俺がいたら疼くのかどうか、ちゃんと答えろよ」

「そんなの知りません！　わたし、帰りますからっ」

もつれた足取りで凌太朗の横をすり抜けようとする亜沙を、たやすく抱きしめる。

「！　っっ……、な、何を」

彼女の体が、小さく震えるのが伝わってくる。

「違うと言わなかった亜沙が悪い」

耳元に吐息混じりの声で囁《ささや》いた。

——そう。違うと否定すればよかったんだ。知らないなんて言われたら……

「知らないなら、俺が教えてやるよ」

彼女が好きではないと言っていた、まさに俺様としか思えない言葉を撒《ま》き散《ち》らし、凌太朗は自《じ》嘲《ちょう》気味に微笑んだ。

……━……・……━……

忘れていた快楽の、その予感が背骨を伝ってこみ上げてくる。

「さ、才賀さん、冗談はやめてくださ……あッ！」

首筋に、彼の舌先がぬちりと蠢《うごめ》いた。

ただそれだけで、亜沙は恥ずかしい声をあげてしまう。

「冗談のつもりなんてない」

「だったら、なおさら……っ」

「いやだね」

ちろちろと肌の上を這う舌が、三年半ずっと忘れていられた快感に火をつける。

亜沙にその行為を教えたのは、凌太朗だ。

彼しか知らない。彼としかしたことはない。

「ん、ぅ……っ……！」

やわらかな素材のスカートが、太ももまでめくれ上がる。

ストッキング越しに彼の手を感じて、ぞくぞくと甘い予感が首筋を這う。

――才賀さんは、どうしてこんなことをするの？

あの日。

雪のバレンタインデーの夜、亜沙は彼の言っていることがわからなくなった。

ほかの男とするなと言った凌太朗は、

『だったら、亜沙が寂しくないように一緒に海外勤務に行くか』

そう言ったのだ。

あの言い方では、性的に満たされないと寂しくなってほかの男性と関係を持つかもしれないから、亜沙が欲求不満にならないよう――寂しくないよう、フランスへ一緒に行くことを提案されたように思ってしまった。

彼しか知らない心と体を、凌太朗本人から侮辱《ぶじょく》された気がして目の前が暗くなったのを覚えている。

「し……してません、ほんとうに！」

「何を？」

「ほかの人となんて……、こんなこと……っ」

ニットをキャミソールごと胸の上まで引き上げられ、ブラがあらわになった。

「っっ……！」

「こんなことって？　亜沙、ちゃんと言葉で言えよ」

「だ、から……」

――才賀さんとしかセックスなんてしたことないんです！　わたしはこの三年半、ひたすら肉生活をしてたんですよ⁉

口を開いた瞬間に、彼は答えをキスで奪っていく。これで「ちゃんと言えよ」なんて無理がある。

「んんっ……」

抗議の気持ちを込めて、凌太朗の舌に軽く歯を立てた。

すると、それを咎《とが》めるように彼の手がブラをぐいと胸の上まで押し上げる。

「〜〜〜っっ！　や、あっ……」

それまで彼の腕で強く抱きしめられていた体が、ふいに自由になった。

反射的に亜沙は正面に向かって駆け出す。

「えっ……⁉」

さっきまで、ホテルの廊下に通じるドアのほうを向いていたはずなのに、目の前に大きなベッドがあるではないか。

――これじゃ、自分からベッドに向かって走ってることになっちゃう！　わたしはどこのカモネギですかっ⁉

上半身は前のめり、両脚はその場に踏みとどまろうとした結果、顔からベッドに倒れ込んだ。運動の第一法則、いわゆる慣性の法則が亜沙を許してくれなかった。

「……うう……」

素肌にひんやりとしたシーツがこすれる。

「亜沙、だいじょうぶか？」

「だいじょーぶ、です……」

襲われかけた相手に心配されるという前代未聞の珍事に、亜沙は両手で顔を覆《おお》った。

「どこもぶつけてない？」

「はい……」

「痛いところは?」

「ありません」

「だったら、続きをしてもいいんだな」

「!　ダメです!　ダメ、待っ……」

――わたしはバカだ。

キスで口の中に割って入ってきたのは、舌だけではない。

甘さを感じて、思わず目を開ける。いったいどんな余裕があるのか、彼はチョコレートを咥《くわ》えて亜沙の口に押し込んできているのだ。

「言えよ、亜沙」

「ぅう、な、何を……」

「俺としかセックスしたことありません、って」

「ひ、ぁっ……!」

片手で両手首をベッドに縫いつけられ、もう一方の彼の手はスカートの内側を弄《まさぐ》っている。

「ほら、早く言わないと――」

ビッ、と嫌な音が響いた。ストッキングが破られる音だ。

「やめ……」

「やめない」

「こんなこと、しても……っ」

「言わない？」

どこか寂しげな目をして、彼が亜沙を見つめる。

その間も、指先は着実に侵攻を続けていた。気づけば、鼠径部から内腿にかけてパンストは無残《むざん》に引き裂かれている。

「亜沙」

「うう……、才賀さんなんか嫌いです……っ」

「で？　嫌いな俺に触れられなくて済む間、ほかの男としたのか？」

――絶対、日本語が通じてない！

亜沙は口の中に残る甘いチョコレートの残滓《ざんし》を唾液と一緒に飲み込んだ。

「してません、セックスなんて、才賀さんとしかしたことな……あ、あァっ……!?」

言い終えるより先に、彼の指が柔肉の間《あわい》に忍び込んでくる。下着をつけたままのに。

――横から指が……

見下ろした自分の痴態《ちたい》に、顔から火が出るかと思った。

破られたストッキングが絡みつく脚をはしたなく広げ、下着をずらして横から指を突き立てられている。

指先はまだ蜜口まで到達していないけれど、亜沙の体は彼を求めるように濡《ぬ》れはじめていた。

「俺しか知らないんだな」

「知りません、ん……っ」

「ここも」

空気に触れて芯が通ったように括《くく》りだされた胸の先を、凌太朗の舌がかすめる。

「っっ……、ぁ、やぁ……んっ」

「亜沙の胸にキスしたことがあるのは俺だけだろ?」

「そ、……っ、なの、あ、ァっ……」

最初はかすめる程度に、次第にゆるゆると先端を舐《な》めさすって、それから色づいた部分に円を描くように舌を這わせる凌太朗は、亜沙よりも亜沙の体を覚えているとしか思えない。

――嫌いって言ってるのに、拒めなくなる。

胸に甘い刺激を与えられれば、自然と下腹部も蕩《とろ》けていく。

腰の奥で生まれた疼きが、とろりと蜜になって隘路を伝うのがわかった。

「ああ、相変わらずかわいい声を出して俺を誘う」

「違っ……、ん、んぅ……っ、や、そこ舐めないで……」

「舐められるより、吸われるほうが好きだったもんな」

言うが早いか、凌太朗が突き出た胸の先端を甘噛みし、唇をすぼめて吸い上げる。

「ひぅ……ッん!」

それだけではなく、濡れた蜜口を指先で探り当て、つぷりと爪の根元まで浅瀬に埋め込んできた。

柔襞に触れる異物は、否《いや》が応《おう》でも彼の感触を思い出させる。

初めて抱かれた日の痛みを。

最奥まで突き上げられるときの衝撃を。

「当然、この中を知ってるのも俺だけだろ」

「そんな、こと聞いて、何が……っ」

文句のひとつも言いたいのに、もう体が自分のいうことを聞かない。

凌太朗の指をぐずぐずに溶かすほど熱くなった蜜路は、奥へ奥へと長い中指を誘《いざな》っていく。

突き出した胸の頂《いただき》は唾液に濡れ、もっと彼にあやされたいと懇願《こんがん》するように震えている。

「三年半、俺だって誰も抱いてない」

シュッという衣擦《きぬず》れの音とともに片手でネクタイを抜き取ると、凌太朗がベッドの上で膝立ちになって亜沙を見下ろした。

襟元のボタンをはずした彼の喉仏が、獲物を前にしたと言わんばかりに上下する。

「ずっと、おまえのことを思い出して自分を慰《なぐさ》めてたんだ。わかるよな？」

――わかるけどわかりたくありません！

ベルトをはずす金属音が鼓膜を震わせていた。自由になった両腕で、彼を押しのけて逃げることだってできたかもしれない。いや、膂力《りょりょく》を考えたら無理だったかもしれない。

しかし、亜沙は凌太朗から目をそらすことができなかった。

乱れたスカートの裾を膝で踏みつけ、スーツのジャケットを乱雑にベッドの下へ投げ捨てる。

その間も、彼の目はじっと亜沙を見据えたままだ。

――やめて、その目で見ないで。

唇がわななく。

声のひとつも出せずに見つめ合うだなんて、彼を受け入れる覚悟をしたと思われてもおかしくない。

それよりも問題は、ベルトをはずしてファスナーを下ろした彼の下半身にある。

「亜沙以外の女でイッてないって意味だからな？」

「〜〜〜っっ、だから、そんなこと……っ」

わたしには関係ない——

言い切れるだろうか。ほんとうに、自分には無関係のことなのか。

凌太朗の劣情が、ボクサーパンツ越しにもひどく屹立《きつりつ》しているのが目に入っていた。それは当時の記憶より烈《はげ》しさを昂《たか》ぶらせ、布の上からでも脈を打つのが見えそうなほど亜沙を求めている。

ウエスト部分をずらして、彼が雄槍を剥き出しにする。なんの恥じらいもないとばかりに、先端に透明な雫《しずく》をにじませ、根元を握った。

「な…………っ……」

まさかと思うが、その仕草に見覚えがある。

昂りすぎたものをいさめ、先端を亜沙の蜜口に向けるときの動きだ。つまり、これは——

亜沙の戸惑いに気づいたのか、凌太朗がふと相好を崩した。

「生でいきなり挿《い》れるほど、俺は野暮じゃない」

「あ、当たり前です」

「まだ信用してくれてるようで嬉《うれ》しいよ」

うんざりするほど美しい顔に笑みを浮かべ、彼はまったく嬉しくなさそうに告げる。

――顔と声が一致してませんけど……

「こんないやらしい格好の亜沙を前に、おあずけを食らってるんだ。少しくらいご褒美《ほうび》をくれたっていいだろう?」

「ご褒美って……」

右手で自身を握りしめ、左手の中指を亜沙の中に埋め込んでくる凌太朗が、軽く頭を振ってひたいの汗を散らした。

「亜沙の感じる声を聞きながらイキたい」

「ヘンタイじゃないですか……」

「どこがだよ。好きな女の感じてる声だぞ」

――そもそも、三年半も離れていたのに好きだなんて言うのがおかしいんですってば!

浅瀬を指腹でなぞっていた凌太朗が、ぐいと指を突き入れてくる。

「あ、あっ……!」

隘路から脳天まで、言葉にならない感覚が一撃で到達した。

達したわけではない。だが、かぎりなくそれに近い快感だ。

このまま続けられたら、確実に彼の指でイカされてしまうのは目に見えている。

「やぁ……っ、ダメ、そこはダメ、才賀さん……っ」

「まだ半分も入ってない」

「無理ぃ……っ！」

じわじわと粘膜を押し広げ、指が亜沙の中をなぞっていく。

こらえなければと思うのに、腰は勝手に跳ね上がり、自分のものとは思えない高い声が鼻から抜けた。

――こんなのめちゃくちゃだ。

彼のいない心の隙間は、完全に埋めたはずだった。そこには肉が詰まり、寂寥感《せきりょうかん》のひとさじもありはしない。

それなのに、たったこれだけで何かが三年半前へと引き戻されていく。

心ではない。おそらく身体感覚だ。

才賀凌太朗という男に愛される、その悦《よろこ》び。彼だけが亜沙に与えたものを、彼が呼び覚まそうとしている。

「ああ、あ、やだ、やだぁ……」

「何が嫌なのか言えよ」

「イッ……きたくな……いっ……」

「なんで」

「〜〜〜っっ、才賀さんなんて、嫌いです……っ」

涙目で見上げると、彼は薄く微笑む。そういうところが嫌いだと言っているのに。

亜沙は、反射的に両手を伸ばした。

——わたしより先に、才賀さんがイッてくれればいい。

「な……、亜沙？」

「さっさとイッてください、よ……っ」

つきあっていたころでさえ、こんなことはしなかった。

両手で彼のものを包み込むように握る。指と指を絡めた格好は、まるで祈りのかたちだ。

「あ、ぁ……ッ⁉　や、なんで……」

困惑は初めて手で触れた劣情のせいではない。上半身を起こしたため、凌太朗の指をより深く受け入れることになった。その刺激に戸惑う。

「今のは俺のせいじゃないからな？」

「知っ……」

「イカせたいなら、イイ声で鳴けよ」

亜沙が情欲の昂りを握っているしかできないうちに、彼が指を往復させはじめた。

狭隘な部分を繰り返し抽挿されると、耳のうしろに神経が集中していく。あるいはそれは、もっと奥——下顎頭のあたりかもしれない。

喉を締めつけられるようなせつなさと、息が上がるときの心臓の苦しさ。両方が一気に亜沙を追い詰める。

「そっちこそ……っ」

彼のなすがままに絶頂へと追い立てられるのは御免《ごめん》だ。

亜沙は必死に、両手を前後に動かした。手の中で凌太朗がびく、びくんと刀身を震わせる。直接触れていることで、脈動が伝わってくる。

——嘘でしょ。こんな大きいのが入ってたの？

触感というものは、手で触れるときとほかの部分で触れるときの印象がまるで違っているらしい。

だが、たしかに以前は彼のものがどのくらいの大きさなのかを確認しようとすらしていなかった。

じっくり観察していたら、とても受け入れる覚悟なんてできなかったのではないだろうか。

——とにかく、さっさとイッてください！

浅い呼吸が室内に響く。

たまに混ざる凌太朗の声が、淫靡《いんび》に甘く鼓膜を濡らした。

彼の言葉にうなずきたくはないが、たしかにイイ声を聞くのは脳髄にくるものがある。凌太朗の息遣いが、亜沙を煽《あお》っているのは間違いない。

「あ、あ、ぅ……、も、やだ、早くイッてぇ……！」

いつの間にか、隘路を往復する指は中指と薬指の二本に増えている。

必死に扱《しご》く両手は、彼の劣情を包み込んで、

「は……、亜沙……っ」

彼の声に呼応するように引き絞られる柔襞は、その劣情で抽挿されるのに似た快感を貪《むさぼ》っていた。

——こんなの、セックスしてるのと何が違うの？　入ってるのが指かどうかさえ、もうわからな

いのに。

互いの敏感な部分を刺激しあう動きは、疑似セックスでしかない。

「もぉ、無理……っ……！　ぁ、あ、あぁッ……！」

がくがくと腰が上下に痙攣《けいれん》した。股関節をきしませるほど揺らいで、指先の力が抜けそうになる。

もうこれ以上は扱けないと思ったそのとき、手のひらから手首へと熱い白濁《はくだく》が飛沫《しぶき》をあげた。

「く……っ……」

「やぁ、ぁああ、あ……っ……」

別れたはずのふたりは、別れの言葉を口にしないまま、三年半ののち——

深夜、ホテルの部屋で同時に果てることになる。

——何、このひどい有り様。

乱れた着衣のましどけなくベッドに仰向けになり、亜沙は自分をまともに省《かえり》みることもできない。現実を直視したら、心が家出しそうな状況だ。

「悪い」

さっきまで亜沙の意志を無視する素振《そぶ》りだった凌太朗が、サイドテーブルからティッシュペーパーを引き抜き、朝の両手を拭《ぬぐ》った。

「いいです。手なんて洗えばいいだけですから……」

「そんなふうに言うなよ。俺の好きな女の手だってわかってるのか？」

——そっちこそ、言い方を考えてください！

好きな女の手だというのなら、彼は亜沙にあんな行為をさせるべきではなかった。

そして亜沙は、凌太朗を嫌いだというのなら、やはりあんな行為をするべきではなかった。

「亜沙、起き上がれる？」

「今は無理ですよ……」

「ついでだから、シャワー浴びたほうがいいだろ」

「あ、それは遠慮します」

力の入らない腕でかろうじて右手のひらを彼に向け、拒絶の意志を示す。

「遠慮しなくていい」

「じゃあ言い方を変えます。嫌です」

「却下」

凌太朗は、軽々と亜沙の体を抱き上げた。

「なっ……何してるんですか！」

「シャワーを浴びるって言った」

「わたしは嫌だって言いましたよ」

「そうだな」

「それで、なんでこんな」

「あのままベッドにいたら、続きをすることになるけど？」

「〜〜〜〜っっ！」

――やっぱり日本語が通じない――――――っっ！

あわれ、バスルームに連れ込まれた亜沙は、全身を凌太朗の手で洗われることになった。

第二章　お肉に罪はありません！

三年半というのは、人類の歴史から見れば瞬《まばた》き一回にも満たない時間かもしれないが、一般的にそう短いものではない。

たとえば中学校に入学したばかりの新入生が高校受験を終えて最初の秋を迎えるまで、それが三年半だ。

その間、まるっといなかった人がいきなり戻ってきて「やあ、きみの彼氏だよ」なんて言おうものなら、誰だって意味がわからないと思うだろう。

たしかにかつての恋人だ。

しかも、亜沙《あさ》にとっては今のところ唯一無二の元カレだ。

——だからって、再会した夜にあれはダメでしょ、わたし……！

週明けの月曜、十一月が始まる。

今年は十月も気温の高い日が続いていたが、月が替わると一気に空気が冷たくなる気がした。

朝から空は高く秋の気配を残しているが、低くうっすらとひつじ雲が群れをなしている。

電車を降りて駅舎をあとにし、会社へ向かう足取りは重い。

先週末、凌太朗《りょうたろう》の帰国祝いの席で交際宣言をされたことを、同僚たちはきっと知っているだろう。朝は知らなくとも、昼までにはきっと広まる。

相手が才賀《さいが》凌太朗なせいだ。

彼がいなかった間も、あちこちから凌太朗の名前は聞こえてきた。

距離を置こうと言われて落ち込んだ亜沙が、彼のいない生活に慣れるまでかなりの時間を要したのはそういう事情もあったと思う。

——でも、やっぱりあれはよくなかった。才賀さんのを自分からつかんで、あんなことするなんて……

今もまだ、手の中に彼の感触が残っている。

熱く昂《たかぶ》り、脈を打つ——

「あああああ、もう！」

小さく声をあげて、亜沙は恥ずかしさを隠すよう早足になった。

男子三日会わざれば刮目《かつもく》して見よという。たしかに、凌太朗は以前と違う。あのころより、いっそう魅力的になっているのを認めないわけにはいかない。

だが、あのころと同じく亜沙を翻弄しているのも事実だ。

——同じ……なのかな。昔より感じさせられちゃった気がしなくもないんだけど。

あるいは変わったのは自分のほうかもしれない。

そう思うと、少しだけ不安がわきあがる。

いつもならグルメ番組でいっぱいのＨＤＤレコーダーの消化で忙しい土日だったはずなのに、この週末は何を観ても頭に入ってこなかった。

結局、三十分番組をひとつ観終えるだけで、あとはベッドに寝転んで金曜の夜のことばかり考えてしまったのだ。

凌太朗のことは忘れた。忘れたつもりで生きてきた。

それを変化だと思っていたし、彼といたころよりも自分らしく毎日を満喫しているつもりだ。

──なのに、才賀さんに触れられてあんなふうになっちゃって、自分からいろいろしちゃって、これは悪い変化じゃないの⁉

大きなため息とともに、亜沙は榛《はしばみ》商事のビルエントランスを通過した。


「あっ、三園《みその》さん、おはよう！」

「待ってたんだから〜」

マーケティング事業部のフロアに足を踏み入れたとたん、普段はそこまで親しくない女性社員たちに声をかけられる。

予想はできていた。

凌太朗との交際宣言をどこかで耳にして、真偽をたしかめにきたのだろう。

こういうとき、女性の行動は早い。

「おはようございます」

「ねえねえ、三園さんって才賀さんが海外赴任する前からつきあってたってほんと？」

——はい、来た！

「えーと、それはその……」

「才賀さんとつきあえるなんて羨《うらや》ましい～！」

「でも、どうして結婚して一緒にフランス行かなかったの？」

「いえ、なんというか……」

「そうそう！　あんなハイスペ物件、こっちから頼み込んで結婚してもらってもいいくらいだよね」

「いいなー、パリで結婚式なんて憧れちゃう！」

「そ……そう、ですね……」

基本的におっとりしていると思われがちな亜沙には、こういう大人数での会話で相槌《あいづち》以外にできることがない。

実のところ、頭の中ではいくつも返事を考えついているのだが、たいていがそのまま口に出せないことばかりなのだ。

——つきあってるなんてぜーんぜん！　才賀さんの思い込みなんじゃないですか？　ていうかあの人、会話成立しませんよね！

そんなこと言おうものなら、袋叩《ふくろだた》きにあうのは目に見えている。

しかも、彼がフランスへ行く前につきあっていたのは事実なので、すべてを否定するわけにもいかない。

――でも、三年半前に別れた。今はつきあってない。はっきり言ったほうがいい。女同士って牽制もすごいけど、団結力も強いし！

ここは女性社員の皆さまに味方になってもらうべきだ。

そう判断して、口を開く。

「あのですね、実は……」

「おはようございます。朝から楽しそうですね」

そこに背後から、ひつじ雲をすべて吹き飛ばしそうなほど爽《さわ》やかな声が聞こえてきた。

「あっ、才賀さん！」

「えー、どうしたんですか、こっちに来るなんて」

「ちょっと人事部に書類を提出に行くところ。で、皆さんはもしかして俺と三園さんのことに興味がある感じ？」

「やだー」

その「やだー」は嫌なのではなく、図星を指されたという意味なのだろう。

亜沙に話しかけるときより、女性社員たちの声は半音高くなっている。さすがは才賀凌太朗。微妙に「ほんとうにあなたが才賀さんとつきあってるの？」というニュアンスを感じさせた彼女たちの空気を一新させてしまう。

「三園さんはちょっとおっとりしてるから、聞くならいくらでも俺に聞いてよ」

「えー、いいんですかぁ？」

「うん、でもあんまり過激なのは勘弁してくださいね？　会社で噂《うわさ》になったら、恥ずかしくて出社できなくなっちゃうー」

わざとらしいかわいい素振《そぶ》りも、彼女たちにとっては、

「才賀さんったら、かわいいいんだからー」

となるらしい。

――皆さん、目にハートが浮かんでますよ……

この流れでは、どう考えても彼女たちに味方になってもらうことは無理だ。

亜沙は完全に諦めモードで、一歩引いたところから『才賀王子と七人の女性社員たち』の図を眺《なが》める。

白雪姫も、こうやって継母《ままはは》に対抗できる勢力を作っていったのだろうか。

――え、だとしたらわたしが継母側⁉

鏡に向かって居丈高に「わたしより美しいものは存在しないわ！　才賀王子を殺しておしまい！」と告げる自分を想像し、確実に返り討ちに遭う未来まで見えた。

むなしい妄想に肩を落としていると、

「ちょっと彼女借りますね」

凌太朗が輪の中から出てきて亜沙の背に手を置く。

「わ、わたし、仕事があるので！」

「すぐ済むよ」

金曜の夜にあんなことをしたとは思えない爽《さわ》やか笑顔で、彼が亜沙の異論を却下する。

そして連れてこられたのは、人気《ひとけ》のない非常階段――

「寒っ⁉」

なんでこんなところに、と思わなくもないが、人目の多い場所で彼とふたりで話すのも遠慮したい。

「亜沙」

壁ドン亜種スタイルのつもりなのか、凌太朗が胸の前で腕組みをしたまま、左肩を壁につけた。

体を斜めにしつつも、脚の長さを強調するポーズだ。

――いちいち、何をしても絵になるところを自慢してるんですかね……

「あのな、おまえは俺の彼女だろ」

「なんでそんなポーズで言うのかわかりませんけど、違います」

「俺たちは別れてない。それには同意した」

「うっ……ま、まあ、それは……」

別れの言葉がなかったから別れていないというのも暴論だ。

それを言い出したら、大人の恋は告白なしに始まるという説が苦しくなる。

「たしかに別れるという明確な発言はなかったにせよ、三年半も連絡をとっていないままつきあっているとは言えません」

亜沙にしては、自分の考えをうまくまとめて伝えられた――と思ったのだが。

「それはおまえが携帯解約したせいだ！」

「え、知ってたんですか？」

彼がフランスに発つのを見送ったその足で、あの日亜沙は携帯ショップに寄った。

距離を置こうなんて、物理的にかなりの遠距離になる相手から言われたら終わりだと思うのも仕方ない。

「俺は、一時的に距離を置くだけのつもりだったんだよ」

「だとしても、その後まったく連絡してこなかったですよね」

しようと思えば、会社のメールアドレスくらい知っているはずだ。

——さあどうだ！　反論してみたまえ、才賀くん！

そんな気持ちで、彼を見上げる。

「へ……？」

凌太朗は、なぜかひどく困ったような顔で耳を赤くしていた。

「……俺からの連絡がほしくて、あんなことをしたってことか……？」

「なっ……」

見事なまでの解釈違いに、思わず呼吸も忘れそうになる。

前々から日本語が通じないとは思ってきたが、まさかここまでとは。

「そういうことじゃありません！」

「だったらどうして、金曜はあんなことされて受け入れたんだよ！」

あんなこと、
それが、ふたりの間に起こったとても淫靡《いんび》な出来事だというのが共通認識である。

本来、特別な関係になければすべきではない。

もちろん世の中には、恋愛ではない特別な関係というのもあるし、大人の関係というのもあるだろう。

だが、少なくとも凌太朗と亜沙はそういうふたりではないのだ。

「よ……酔ってたからに決まってるじゃないですか……っ」

亜沙のほうも顔が赤らむのを感じる。

「酔ってるからって、誰にでもあんなことするのかよ」

唇を尖《とが》らせる彼は、拗ねた少年のような顔をしていた。

「さあ、どうでしょうね。わたしも、三年前とは違います。二十六歳の大人の女ですからね！」

肉の種類には詳しくなったし、仕事もできることが増えたけれど、女性として成熟したかという点においては自分でも疑問が残る。

「俺としかしたことないくせに？」

「うううるさいですよ」

「亜沙のほうがうるさい」

腕組みをほどき、凌太朗が右手で亜沙の顎を軽く持ち上げた。

その動作がなんと呼ばれるかは考えたくない。

「……なら、そっちからキスしろよ」

「え、頭だいじょうぶですか？　どこかぶつけました？」

文脈の途切れた命令を前に、思わず本気で心配しそうになる。

――これだから俺様は！

「俺が……その、満足できるようなキスができたなら別れてやる！」

「ほっ、ほんとですか⁉」

別れたくない男vs別れたい女の戦いは、よもやお互いも何をしているのかわからない状況に突入していた。

「わかりました。がんばります！」

両手を握りしめ、亜沙は気合を入れる。

「しゃがんでください、才賀さん」

「……あ、ああ」

長身の彼が、膝を曲げて壁に背をつける。

亜沙はいったん握った拳を開き、彼の両脇に手をついた。完全に壁ドンである。

「い、いきますよ」

「っっ……しろよ」

キスしろと言ったくせに、なぜか凌太朗も緊張の面持ちだった。

――別れるためのキス。別れるためのキス！

彼にキスすることへの躊躇《ちゅうちょ》を、懸命に乗り越える。

ところで凌太朗が満足できるようなキスというのは、いったいどういうものだろうか。

唇を重ねてから、亜沙はかすかに首を傾《かし》げる。

——んー？　なんかこう、いやらしいキスってことかな。

だとしたら、ただ触れているだけでは足りないかもしれない。

自分から舌先を彼の口に挿し込み、歯列をなぞる。

「っっ……！」

——たしか、才賀さんはこうやって……

彼がするときを思い出し、舌と舌を絡め合う。

それから軽く吸い上げて、凌太朗の舌が口に入ってきたら甘く噛《か》んで——

「は、……っ、こ、この程度か……？」

「まだまだ……っ……」

二分も過ぎるころには、亜沙のほうが立っていられなくなっていた。

「う……こ、このくらいで、どうでしょうか……？」

もう頭の中までキスの余韻《よいん》で蕩《とろ》けている。

「ぜ、ぜんぜん駄目《だめ》だな。へたくそかよ」

「仕方ないじゃないですか！　自分からするのなんて初めてなんですから！」

「俺だけ、か……」

彼はへたくそと言っておいて、なぜか少し満足げな顔をした。

「どうせわたしは才賀さんと違って経験不足ですよ」

「おい、俺が浮気男みたいな言い方はやめろ」

「才賀さんは、この三年半、わたしと別れてなかったつもりなんですよね？」

「あ、ああ。そうだ。別れてない。少し距離を置いただけだ」

ずいぶんな距離である。少しというのは無理がありすぎた。

「それだとキスのうまい才賀さんのほうが、浮気してた可能性ありませんか？」

「は……？」

たしかに金曜の夜、彼はほかの女性とそういう行為はしていなかったと話していた。

だが、赴任先はフランスだ。

フレンチキスの発祥の地である。

情熱的なキスが有名な地に三年半も暮らし、ナチュラルモテ男子の凌太朗が何もなく帰国するほうがおかしい。

「つまり、亜沙からすると俺はキスがうまいってことだな」

「だからわたしにへたくそなんて言うんですよね」

「そういうことになる」

こちらとしては彼の浮気の可能性を指摘しているのに、またも彼は少し嬉《うれ》しそうにしている。

――ほんとうに才賀さんって謎の人すぎる。

「どうせフランスでもいろんな女性から言い寄られてキスしまくったに決まってます」

「そんなことするか！」

「じゃあ、誰にも言い寄られなかったんですか？」

ずいと近づくと、彼が顔を背けた。

「……っ、それは、この俺が言い寄られないわけが……」

「だとしたら、才賀さんは浮気してたってことですよね。そういう人とはおつきあいできません」

「言い寄られたって、手なんか出してない」

「えー……」

なんだか腑《ふ》に落ちない。

それともフランスでは凌太朗はモテないタイプなのだろうか。

——生まれてこの方、モテてモテて仕方なかった才賀さんがフランス女子には相手にされなかったと言えなくて、ごまかしてるとか？

だとしたら、さっきからなぜかうっすら頬を赤くしている理由もわからなくない。

「…………向こうでは、大変だったんですね」

「？　どうした、急に」

「いえ、才賀さんだって全世界のどこでもモテるわけじゃないってことをわたしはわかってませんでした」

「その言い方だと、俺の人気は日本限定に聞こえるんだが」

「いいんですよ。フランスにはフランスのモテがあるんです」

「勘違いするな。俺は向こうでもかなり――」

「かなり?」

「嫉妬してるのか?」

さっきまで何かに動揺していた凌太朗が、ふっと得意の王子スマイルを浮かべる。

――俺様モードが発動しました。

「してません」

「しろよ!」

「どうしてですか?」

「俺がおまえの彼氏だからだ」

互いの位置が逆転し、今度は亜沙が壁に押しつけられる。

脚の間にぐいと膝を割り込ませ、股ドンがきれいに決まっていた。

「なっ……何考えてるんですか! ここは会社で……ん、んんっ……!」

――わたしがキスしたのは、それなりの理由があってのこと。じゃあ、才賀さんがするのはどういうことなの……?

重なる唇が、熱を帯びる。

亜沙がするのとは、たしかに違う。

キスにうまいかそうではないかの違いがあるなんて、これまで考えたことがなかった。

凌太朗からされる以外の経験がなかったのだから、考えもしないのは当然だ。自分からしてみて、初めて彼はキスがうまいのかもしれないと思った。

――ていうか、ここは会社でこれから仕事だっていうのに、こんなキス……こんな、いやらしくて気持ちいいキスするなんて……

「ん、はっ……」

やっと唇を解放されたとき、亜沙は自分の膝ががくがくと震えているのに気づく。

彼の膝で支えられていなければ、その場にしゃがみこんでいただろう。

「俺のキスに感じるのが、俺の彼女の証拠だろ」

「勝手すぎません……？」

「今週金曜、二十時にビーフファイター・ステーキハウスの予約しておいた」

「ええっ、ビーフファイターってあの……!?」

二年前に日本上陸を果たした、ニューヨーク発の熟成肉ステーキ専門店である。

亜沙のおひとり様ご褒美ディナーの行き先として、リスト上位に君臨するレストランのひとつだ。

「じゃあ、金曜に」

「……っ、い、行きませんから！」

凌太朗が背を向けて、オフィスの廊下につながるドアに手をかけた。

彼はくるりと顔だけ振り向く。

「肉だぞ？」

わかってるな？　とでも言いたげに、彼は目だけで語ってドアの向こうへ消えていった。

「肉ですよ……」

残された亜沙は、がっくりと肩を落とす。

熟成肉のステーキは食べたい。

けれど凌太朗とふたりで高級レストランに行くのは、つきあっていないと言い張りたい自分としてどうなのか。

――だけど、ビーフファイター・ステーキハウスの熟成肉ステーキを食べてみたいぃぃぃぃぃ！

月曜の始業前にあんなことを言われたら、一週間ずっと迷うことになるのは明白だ。

肉のことを。

凌太朗のことを。

いやでも考える羽目になる。

それが狙いだったのかどうかはわからないが、亜沙は金曜までずっと彼のことを考えつづけた。


……ー……・……ー……


「本日はご来店ありがとうございます」

とても感じの良い紳士が、完璧な角度の会釈で迎え入れてくれる。

ビーフファイター・ステーキハウス六本木本店は、入り口から想像できないほど活気にあふれた店だった。

店内には多国籍のスタッフが働き、早口の英語でメニューを厨房に通す。料理をサーブする大柄な男性スタッフの豪快な動きは、亜沙の知るご褒美《ほうび》レストランとは少し違っていた。

——な、なんだか元気いっぱいのお店……！

席に案内されて椅子に腰を下ろすと、淩太朗は「ははっ」と小さく笑った。

彼には緊張した様子もない。考えてみれば、つい先日までフランスにいたのだからこういう店内も見慣れたものなのだろうか。

月一のおひとり様ご褒美ディナーで訪れていたら、亜沙はきっとかなり緊張していたに違いない。

——そういう意味では、才賀さんと来てよかったかもしれない。

「前菜、何が食べたい？」

「そ、そうですね。できればお肉が食べたいですが……」

「それはメインだろ」

「前菜から全部肉でもいいんです」

とはいえ、アペタイザーに肉的なものはない。

ベーコンのメニューを選ぼうとした亜沙に、淩太朗が黙って首を横に振った。

「せめて少しは野菜も食べる」

「……少しだけですよ？」

「今日は俺のおごりだから、俺の意見が通る日だ」

――わりと、いつだって才賀さんの意見が通ってると思うんだけど？

彼が選んだのは、シュリンプカクテルとホタテとサーモンとアボカドのタルタル。それに、コブサラダのチリビーンズ添えと、季節の野菜の温スープだ。

店内のテーブルはすべて客で埋まっていて、どのテーブルにも豪快なアメリカンサイズのステーキが並んでいる。

「おいしそうですねえ」

「メインは一種類でよかったのか？」

「わたしだって、人様のお金とはいえ食べられる量に限界はあります」

「……それは限界がなかったら俺を破産させる気ってことだな」

「さあ、どうでしょう？」

飲み物はノンアルコールスパークリングワインにした。

熟成肉――ここでいう、ドライエイジドビーフを堪能するためにあえてアルコールは避《さ》ける。

メインは、亜沙は遠慮なくニューヨークプライムリブアイステーキを注文した。

プライムとつく牛肉は、アメリカでいう霜降り高級肉を指す。

個人的には赤身も大好きなのだが、せっかく憧れのレストランに来たからにはプライムを食べたい。

リブアイはアメリカではサーロインよりも人気があると聞く。

「才賀さん」

「ん？」

「リブアイって、どこの部位なんですかね？」

「……年中牛肉ばかり食べてそうなのに、部位は知らないのか」

「Tボーンならわかるんです。サーロインとフィレですよね！」

「じゃあ、なぜTボーンを食べないんだ」

「たまには違う部位も食べてみたかったというか……」

「リブアイが高級そうだったから、おごりで食べてみようと思ったな？」

「そうも言います」

「……まあいい。リブロースはわかるか？」

「リブが肋骨ですよね。スペアリブと同じで」

「そう。サーロインより、頭寄りの部分だ。そのリブロースの中心部分がリブアイ」

「なるほど」

「わかってないだろ」

「おいしいということはわかります！」

そうこうするうちに、サラダやシュリンプがテーブルに並んだ。

肉で始まり肉で終わる食事に憧れはあるが、今日はそれを封印してサラダも食べる。

「えっ、このコブサラダ、すごいですね」

「ブルーチーズがよく効いてる」

「それに、チリビーンズがまた合います」

想像以上に最初のサラダから舌鼓を打ち、パンは食べずに肉を待つ。

日本における主食は米だが、亜沙の主食は肉でありたい。メインディッシュと銘打《めいう》つのだから、メインで何が悪いと思うところもあった。

サラダ、シュリンプ、シーフードとアボカドのタルタルを食べ終える頃合いを見て、ステーキが運ばれてきた。

「！　大きいですね！」

亜沙のリブアイステーキと、凌太朗のフィレミニヨン。

どちらも焼き立てで牛肉の香りが立ち上っている。

「たっぷり食べなさい」

「はい、いただきます！」

早速ナイフとフォークを手に、肉との幸せな時間が始まった。

「と、蕩ける……！　このお肉、蕩けますよ！」

レアの断面は、脂がとろりと染み出してくる。

表面はアツアツなのに、断面は口の中の温度と同じくらいで、それがたまらなくやわらかいのだ。

「はぁぁぁぁぁぁ、おいしい……」

噛みしめるほどに口いっぱいに旨《うま》みが広がり、亜沙はうっとりと目を閉じる。

「幸せそうで何よりだ」

しばし、無言で肉を口に運ぶ時間が続いた。

アメリカのプライムは、日本でいう最高級。霜降りだとは聞いていたが、それとも少し違って感じる。サシの部分が霜というのはわりと大雑把《おおざっぱ》で、赤身の味が濃いところと脂の味が強いところがはっきりしていた。

――うーん、これはこれでおいしい。きっと世界中にいろんなおいしい牛肉があるんだ。まだ食べたことのない牛肉……！

そんなことを考えていると、正面に座る凌太朗がフォークとナイフを持ったまま、こちらをじっと見つめているのに気がついた。

「……？」

わずかに頬を緩め、目を細めて亜沙を見る彼。

なんとなく居心地《いごこち》の悪さを覚えて、すぐに皿に視線を落とす。

けれど切り分けた肉を口に運ぶと、やはり凌太朗はまだ亜沙を見つめているではないか。

「……そんなにですか？」

「ん？」

「そんなに食べたいっていうなら、ひと口だけわけてあげます。才賀さんのおごりですもんね」

彼はきっと、リブアイステーキをおいしそうに食べる自分を見て興味を持ったのだろう。亜沙はそう思った。

まだ半分ほど残ったステーキをひと口分切り分けると、フォークとナイフで彼の皿に載せようと身を乗り出す。

「ああ、どうしても食べたいと思ってたんだ」

「わかりました。あげますから、食べてみてください。リブアイ、最高ですよ？」

「悪いな」

そう言って、なぜか彼も椅子《いす》から腰を浮かせた。

「っっ……な……」

周囲が気づかないくらいの、コンマ一秒。

ふたりの唇が、かすめるように触れた。

「たしかにこれは絶品だな」

座り直した凌太朗は、にこりと微笑《ほほえ》む。

彼の皿に移動しようとしていたひと切れの牛肉が、亜沙のナイフとフォークからぽとりと落ちた。

落ちたのが、ちょうど皿の上だったことに感謝しよう。少なくとも、テーブルに落としていたら食べられない。

「何してるんですか何してるんですか何してるんですかっ」

かろうじて理性を総動員し、亜沙は声をひそめて抗議の意を表す。

「何って味見だろ？　食べてみてくださいと言ったのは亜沙のほうだ」

「〜〜〜っっ、それはお肉の話ですよ！」

誰が、キスで唇の味見をしていいなんて言ったというのだ。

だが、彼はナプキンでそっと口を拭《ぬぐ》う。慣れた手つきが、品よく視界におさまっていた。

「人間の唇も肉といえば肉か」

「わたしの唇を食べ物扱いしないでください……」

腹立ちまぎれに、彼にあげたひと切れの倍はありそうなほど、分厚くカットしたリブアイを口に運ぶ。

動揺のせいで心拍数が上がっていた。

さっきまで牛肉の味に酔いしれていた脳が、少しだけ現実に揺り戻されている。

——これだから才賀さんは日本語が通じない！　ずっとフランスにいて、ボナペティとかモナムールとか言ってればいいんですよ！

亜沙の知る数少ないフランス語には、ほかに牛肉《ブフ》がある。

ブフ・ブルギニョンというビーフシチューの元となったといわれる料理を都内のフレンチレストランで食べて、いつかフランスで食べてみたいと憧れているのだ。

ほんとうは、今日の話題に困ったらブフ・ブルギニョンのことを聞いてみようかと思っていたけれど、もうそんな気持ちではなくなった。

——うう、それでもリブアイに罪はないです。なんておいしいの、プライムリブアイ！

キスされたことも忘れ、またしても残りのステーキに夢中になっていると、

「……かわいいな」

ぽつりと彼の声が聞こえてくる。

活気あふれる店内の、スタッフたちの声が響く中。

凌太朗の声を拾ってしまう自分の耳が憎らしい。

「かわいいのは否定しませんが、その気持ちがあるとお肉としての味わいを堪能しにくいです。だから、牛への感謝は忘れませんが、愛情を持って咀嚼《そしゃく》します」

「おまえはなんの話をしてるんだ？」

「牛の話です」

「ばーか」

「なっ……!?」

彼は小さくため息をついて、フィレミニヨンを口に運んだ。

――わ、わたしもフィレをひと口食べたかったけど、この流れでは頼みにくい……

終始、牛肉に心を支配されている亜沙には、彼の真意はたいてい理解できない。

十一月最初の金曜日の夜は、静かに更けていく。


店を出て、六本木《ろっぽんぎ》駅から都営大江戸線に乗り新宿《しんじゅく》駅へ向かう。

金曜日の夜は人が多く、新宿駅はたえず人の波が押し寄せてくる。

「家まで送る」

「いっ……嫌です」

「なんで」

「自宅の場所を特定されるじゃないですか！」

彼がフランスへ渡ってから、亜沙は携帯電話を解約して契約し直しただけではなく、引っ越しもしていた。

「今夜、誰のお金で牛肉をたらふく食べたんだ？　ん？」

「まさか、それが目的でレストランを予約したんですか……？」

ふっと意味ありげに微笑む凌太朗を前に、亜沙は絶望する。

これだから肉につられてはいけないのだ。おいしい肉には裏がある。

「もうお腹いっぱいなのに、据え膳まで食べようだなんて才賀さんは強欲です」

「おまえ、自分のこと据え膳だと思ってるのか？」

このご時世、据え膳食わぬは男の恥なんて古い言い回しはあまり推奨されるものではないけれど、思わず自分を据え膳にたとえてしまった。

「いいか、据え膳というのは読んで字のごとく、もともとの意味合いとしては『すぐに食べられる状態に準備をして、食べる人の前に据えたお膳のこと』だ。つまり、女性のほうから男性を誘うという意味に転ずるんだが、自分を据え膳だっていうからには亜沙は俺を誘ってると思っていいんだな？」

「ち、違いますよ！」

「言葉は訂正できるけれど、取り消すことはできない」

「じゃあ訂正しますっ」

「俺は聞く耳を持たない」

——最悪すぎる！

「ということで、俺は喜んでその据え膳をごちそうになりたいんだが」

「わたしは胃がぱんぱんなので、帰ったら胃薬を服用して寝るしかできません！」

もし、今亜沙が凌太朗とつきあっていたとしても、胃のぽっこり出た状態では裸を見られたくない。

今日はかなり食べ過ぎた。

「だったら添い寝して寝かしつけてやるよ」

「……才賀さん、三年前とあまり変わらないなって思ってたんですけど、そうでもないですね」

「そうか？」

「はい。言うことがおじさんになりました」

「うるさい。さっさと電車に乗るぞ。どっちだ」


帰り着いた我が家は、出社前と同じくしんとしている。

しかし、今日はいつもとは違う。

「へえ、きれいにしてるんだな」

「あまり見ないでください。それに入っていいなんて言ってませんけど」

「コーヒーくらい出してくれてもいいと思うんだが」

「わかりました。コーヒー飲んだら帰ってくださいね」

亜沙の部屋は、ひとり暮らしだから当然といえば当然だが、亜沙ひとりがくつろぐための仕様になっている。

小ぶりのダイニングテーブルには椅子が一脚だけ、ソファはひとり掛けで、ベッドはシングルベッドだ。

部屋に来客がないことを前提にした家具に囲まれて、亜沙は暮らしている。

三年半、前の部屋は違った。

凌太朗が訪れるたび、歯ブラシやシェービングジェル、パジャマや替えの下着、靴下などが増えていった。

けれどベッドはやはりシングルベッドだったので、ふたりで眠るときには少し窮屈《きゅうくつ》だったのを覚えている。

——そんなこと、思い出さなくていい。

バッとコートを脱ぎ、亜沙はキッチンへ向かう。

インスタントコーヒーでも出してやろうかと思うけれど、さすがにそれは失礼が過ぎる話だ。

おひとり様ご褒美ディナーをしているからこそ、今夜の一人前がどのくらいの値段だったか想像がつく。

勝手に予約をして、一緒に行くと決めた彼への抵抗のつもりでごちそうになると決めていたものの、自分の食べた分くらい自分で支払わないと据わりが悪い。恋人ではないと言いはった相手に、高級レストランでおごってもらうのは亜沙の性格が許さなかった。それに、今日のおごりを理由に好き勝手されるのも困る。

いつも寝起きに白湯を飲むために使う電気ケトルに水を入れ、コーヒー豆を取り出してドリップの準備をしつつ、財布からおよそ今夜の金額と思しき三万円を取り出す。

「才賀さん」

振り返ると、決して広いとはいえない室内で、彼はコートとスーツのジャケットを脱いでソファに座っていた。

「これ、コーヒーのおまけです」

「……意味がわからない」

彼の前に差し出した三万円を、凌太朗が怪訝《けげん》な目で見つめている。

「だからその、お茶請け的なものです」

「現金をお茶請けにコーヒーを飲むやつなんて見たことあるか？」

「言い方！」

「って、そっちが言ったんだろ」

「ごちそうになる理由がないんです」

そう言って、強引に彼の胸元にお金を押しつけた。

「以前はともかく、今はただ同じ会社で働いているだけですから、あんなお高いお肉を食べさせてもらう理由はありません」

「だったら次回、これで俺に何かおごれよ」

「〜〜〜っっ、またすぐそういう……」

押しつけた両手を、彼がぎゅっと握る。

手の甲も手首もじわりと凌太朗の熱を感じ、心臓がこそばゆい気持ちになった。

「さ、才賀さんは、ほかの女性社員といるときと差が大きすぎます。わたしにももっと王子スマイルしてくれればいいじゃないですか」

「王子スマイルってなんだよ」

「読んで字の如しですよ」

「あのな」

凌太朗は右手で亜沙の左手首を引っ張り、バランスを崩したところを左腕で抱きとめる。

ソファに座る彼に抱きつく格好になり、亜沙は息を呑《の》んだ。

「興味のない相手と好きな女を同じ扱いなんてできるはずないだろ」

「ま、またそういうことを……っ」

そのとき、電気ケトルから電子音が鳴る。

コーヒーのために準備したお湯が沸いた。

慌てて体を起こし、亜沙はキッチンへ急ぐ。

——いけない。流されるところだった。

電気ケトルは、沸騰すると自動で加熱が終了する機能がついている。

保温している間にコーヒー豆を挽《ひ》かなければ――

「……おまえ、俺に好かれてるって自覚なさすぎ」

背後から急に抱きしめられ、亜沙は背骨がしなるほど体をそらした。

「そんな自覚、あるはずないです」

「三年半、放っておかれたからか？」

――わかってるじゃないですか！

「謝る」

「……え……？」

「たしかにこっちも意地になってたところはある。亜沙が携帯を解約したと気づいて、俺なりにショックだった」

こんなに素直な凌太朗は初めてで、どう対応していいのか困惑を隠せない。

――実際、ＳＮＳはブロックして携帯は解約した。部屋も引っ越したから、連絡する方法はあまりなかったと思う。

「亜沙はよく言うよな、『言い方』って。俺はきっと、言い方が悪いんだ」

「そ、それはわたしも……」

「別れていないっていうのも、詭弁《きべん》だったのは知ってる」

彼にしては、完全敗北も同然の白旗宣言だ。

これまで押しとおしてきた意見を、凌太朗はすべて撤回しようとしている。

——なんか、こういうふうに素直に言われるとわたしのしたこともおとなげなかったなって思えてくる。

反省している相手を前に——いや、今はうしろにいるけれど、とにかくその状況で「そうですね、才賀さんが全部悪かったですね」とは言えないものである。

お互いにきちんと過去を精算し、これからも同僚として顔を合わせれば挨拶《あいさつ》くらいできる関係になるのが大人のスマートなやり方だ。

亜沙がそう思って、自分も謝罪しようと思ったときだった。

「だから、俺とやり直そう」

「結論、そこですか⁉」

「そうだよ。俺は亜沙が好きだって言ってるんだからな」

——た、たしかに言ってる。ずっと言ってる。

なぜだろう。その気持ちをすんなり受け入れられない自分がいる。

受け入れたら都合が悪いのだろうか。

あるいは、凌太朗の言葉を信じられないのだろうか。

「あの、ちょっとわからないんですけど、才賀さんだいたい言動が謎すぎますよね……」

自分の中の疑問を、彼の問題として転嫁している。そこに気づいていないわけではない。

ただ、どうにも凌太朗の言う「好き」の理由がわからないのだ。

「亜沙にだけは言われたくない」

「え、なんでですか！」

「そっちのほうがよっぽど謎すぎるからだよ」

彼を見上げて首をそらした亜沙に、凌太朗が小さく笑ってキスをする。

——これが、「好き」だからするキス……ってこと？

いつだって彼のキスは優しくて、少しだけ強引で、亜沙は息が苦しくなる。

物理的に呼吸ができないからだけではなく、唇を重ねると胸が締めつけられる気がした。

そういう意味では、三年半前も今も何も変わらない。

——わたしはもう、才賀さんのことなんて好きじゃない。好きじゃないはず、なのに。

キスするたびに、自分の気持ちがわからなくなる。

それは小学生のころ、少女漫画を読んで想像した未来と現実が違うと気づくことに似ていた。

中学生、高校生になれば、当たり前のように自分にも恋が訪れ、誰かを好きになってその誰かも自分を好きになって、漫画の中の登場人物たちと同様に恋愛を謳歌するものだと疑いなく思っていた幼い日。

実際に制服を着る年齢になったところで、現実にそういう出来事は起こらなかった。

同じように大人になればできるようになると思っていたことを、二十六歳の亜沙はいろいろとできないまま生きている。

知識や経験が増えることで結果を予想しやすくなる面はあるけれど、それと同じだけ想定する結末の数が増えていくのだ。

どこまでいっても、百パーセントにはならない不確定な未来。

けれどそれは、今立っているこの場所すら確定できない感情に基づいている。

「わたし、ぜんぜん謎じゃないです」

コーヒー豆を挽くのは諦めた。

体の向きを変えて、凌太朗と向き合う。

「でも、才賀さんが今もわたしを好きだっていうのは、一応伝わりました。だから……」

その続きは、うまく言葉にならない。

亜沙の気持ちを察したように、凌太朗が黙って頭を撫《な》でてくれる。

――こういうところが、才賀さんの優しくてずるいところ。

俺様なんて嫌いだと思う亜沙すらも陥落させる、彼の魅力が伝わる所作だ。

先日のテクニカルでバラエティに富んだ壁ドンの一件もそうだが、凌太朗はきっと意図的にしているわけではないのだと思う。

生まれながらのモテ男子なんてものがこの世に存在するかどうかは別として、今現在才賀凌太朗は自然と女性に好まれる行動をする。ただそれだけのことだ。

普段なら、そう気づいた時点で相手に対して警戒する亜沙だが、元彼で気心の知れた相手を前にしては気持ちも緩む。

「亜沙」

「はい」

「もう亜沙からキスするのはなしでいいのか？」

「……才賀さんを満足させるキスなんて、わたしにできると思います？」

斜め上空に視線を馳《は》せた彼が、冗談めかして「無理だな」と破顔した。

「だったら、するだけ無駄です」

「そう言い切られると寂しいなあ」

「キス損《ぞん》になります」

「損って言うなよ」

ごく自然に、凌太朗が亜沙の手を引いてキッチンから部屋へ戻る。

「胃薬は必要か？」

唐突に尋《たず》ねられ、首を横に振った。

「自然に消化してわたしの血肉になるのを受け入れます」

床に落ちた三枚の一万円札。

そこに、凌太朗のネクタイが重なる。

「消化の手伝い、させてもらおう」

「……あえて言いますけど、」

亜沙の言葉に、お互い何か通ずるものを感じたのだろうか。

「『言い方』」

異口同音の見本を演じて、どちらからともなく唇が吸い寄せられていく。

つきあってるかどうかとか、好きかどうかなんて、いちいち確認をしないのが大人の恋なのかもしれない。

彼のホテルとは違い、亜沙の部屋のパイプベッドはきしむ。ふたりで横たわると、早くもぎしっと小さく悲鳴をあげた。

下着とキャミソールだけで自分のベッドに横たわるだなんて、普段なら考えもしない。

ワイシャツを脱いだ凌太朗の体は、かつて知っていたころよりも筋肉質になっていた。細身に見えて、脱ぐとしっかりと男の体をしている。

「……才賀さんって筋トレとかしてるんですか？」

ベッドに膝立ちになった彼の腹筋に、ちらりと視線を向ける。

「亜沙よりはしてるだろうな」

「わたしの筋トレ量はゼロですから」

さっきまで、胃がぽっこり出ているのではないかとそんなことを気にしていたのに、ベッドに横たわってしまえばどうでもよくなった。

案ずるより産むが易《やす》しというのはこういうことだろうか。

「変わらず白い肌だ」

大きな手が腰に触れる。

左腰から太腿まで輪郭《りんかく》をたしかめられ、それだけで背筋がぞくりとした。

「っ……ふ……、ヘンなさわり方されるとくすぐったいです……」

「それは亜沙が感じやすいせいで、俺のせいじゃない」

「そうですか？」

「そうですよ？」

亜沙の口調を真似《まね》した彼が、女性っぽい仕草《しぐさ》で首を傾《かし》げてみせる。もしや、その所作も亜沙の真似なのだろうか。

凌太朗が上半身を倒してきて、顔の両脇に手をつく。

天井の照明に彼の体が重なった。大きな影が落ちてくる。

「実は俺も不思議だと思ってることがあるんだ」

「？　なんでしょう」

彼の顔が首筋に近づいてきた。それを招き入れるように、亜沙は反対側に顔を倒す。

「どうしてこんなに亜沙に恋してるのか、だよ」

「んっ……」

やわらかな唇が、薄い皮膚に触れる。

しっとりと甘くくちづけられて、彼の触れていない部分の肌も粟立《あわだ》つのがわかった。

「そ、んなの、わたしがわかるわけな……っ、あ！」

「俺より牛肉を恋しく思う女を好きだなんて、自分で自分がわからなくなる」

ぴちゃりと音を立て、彼が舌で亜沙の肌をなぞっていく。

首から鎖骨へ移動する唇と、かすかな吐息。

まだ感じやすい部分にはほど遠いというのに、早くも腰が浮きそうになった。

「じゃあ、牛肉より才賀さんを好きでいてくれる女性を探せばいいじゃないですか……」

「恋愛なんて理性でできるものじゃないからな」

キャミソールとブラのストラップがずらされ、二の腕の内側にキスされる。

あっと思ったときには上半身を抱き上げられて、背中のホックをはずされていた。

「わかりました。才賀さんは牛肉よりわたしが好きなんですね？」

「……よし、その話はいったん横に置こう。ちょっと気持ちが削がれる」

自分から言い出したくせに、彼は真顔で告げて亜沙の体からキャミソールとブラジャーを引き抜く。

反論する気はない。

たしかに夜のベッドでする話ではないと、亜沙にもわかっていた。

一週間前、帰国したばかりの凌太朗のホテルの部屋で互いの肌に触れ、なかば強引だったとはいえ彼の与えてくれる快感を思い出してしまった。

考えないようにしていたけれど、亜沙だって二十六歳の健康な女性だ。

年齢相応に欲望もあれば、快楽への渇望《かつぼう》もある。

――わたし、つきあっていない人とでもこういうことができる人間だったんだ。

そう思う反面、相手が凌太朗だから身を預けられるのも頭のどこかで知っている。

亜沙には元彼と呼べる存在が彼しかいない。

見知らぬ他人より元彼のほうが安心できるのは、絶対的な価値観ではないと思う。

「……才賀さんだから、ですかね……」

「文脈が見えないんだけど」

「秘密です」

唇の前に人差し指を立ててみせると、凌太朗が「いい度胸だ」と不敵《ふてき》に笑った。

「俺も亜沙だからだよ」

「な……、あ、あっ……！」

急に両胸の先端を指で弾《はじ》かれ、びくっと体が震える。

「亜沙が相手じゃなかったら、あんなふうに離れて三年以上、ずっと心を占領されることはなかった」

「わ、たし、そんな……」

「無意識に俺を煽《あお》る天才だろ？」

裾野から膨らみを持ち上げると、凌太朗は左右の乳首を交互に舐《な》める。

赤い舌先がひどく淫靡に夜の気配を色濃くした。

亜沙に見せつけるような動作だとわかっているのに、目が離せなくなる。

見下ろした自分の体が、彼に舐められて変化していく顕著《けんちょ》さ。ゆるやかだった輪郭が、先端をツンと凝《しこ》らせていく。

「や、ぁ……、気持ちい……っ」

「今夜は素直なんだな。もっと気持ちよくしてやるよ」

軽くあやす程度だった舌先が、ねっとりと絡みついてきた。

同時に左胸の先端を甘く吸われて、頭の奥まで快感の稲妻が突き抜ける。

「っ……ん、ああッ……！」

左右の外腿から脇腹を伝って、肩甲骨のあたりへ電流が走り抜けた。

彼の唇がわざと音を立てて胸の先を吸う。色づいた乳暈を口に含んだまま先端だけを舌で舐《ねぶ》る動きが、亜沙を逃げ場のない佚楽の迷路へ誘っていた。

下着をつけたままの鼠径部に、彼の腰が当たっている。

――才賀さんも、感じてくれてるの……？

高まる期待に腰が跳ねそうになって、亜沙はシーツに爪を立てた。

「あ、あの……」

「ん？」

「わたし、用意がないんです」

何の用意か言わずとも、凌太朗は察してくれる。

もし彼も持っていないのなら、この先には進めない。

「好きな女と食事に行くとなれば、準備しないわけがないだろ？」

さて、いつの間にそんなところに仕込んだのか、凌太朗は枕の下に手を入れるとシンプルなパッケージを取り出した。

銀と黒のふたつ。

――用意がいいのはすばらしいと思うけれど、いきなり二個も？　二回する宣言だと思えってこと⁉

表情だけで亜沙の気持ちを見抜いた凌太朗が、心臓の真上に噛みつくようなキスをする。

「痛っ……」

「二回で足りるか、正直自信がない」

「な、何言ってるんですかっ」

「先週は亜沙の中に挿《い》れてないから、今夜が三年半ぶりだってわかってるのか？」

言われなくとも、そのとおりだ。

亜沙にとっては間違いなく、凌太朗の言うことを信じるなら彼もまたご無沙汰《ぶさた》の行為になる。

「早く亜沙の中に入りたい」

「……っ、まだ、待って……」

「もちろん、たっぷり感じさせてからだ。亜沙が自分からほしがってくれたら最高だ」

「〜〜〜っっ、い、いじわる……！」

ぷっくりと膨らんだ胸の先端を、彼が指先で優しく撫でた。

掘削工事みたいだ、と亜沙は思う。

きっと凌太朗が聞いたら「色気がない」と眉をひそめるだろう。

「んぅ、う、っ……ああ」

避妊具を装着した彼の劣情が、浅瀬を何度も往復する。

繰り返すたびに少しずつ奥へと先端をめり込ませ、彼は腰を打ちつける。

「亜沙、つらくない……？」

「へ、ぃき……っ……」

体を押し広げられる感覚は、指で翻弄《ほんろう》されるのとまったく違っていた。

絶対的な杭で穿《うが》たれる。

それは心にも体にも共通した感覚だ。

他人の体の一部を自分の中に受け入れるというのは、冷静に考えたら恐ろしいことに思う。

何しろ三年以上、その手の行為からかけ離れていたのだから、気持ちとしては処女に近い。だが、体はそうではないと告げている。

彼の律動に合わせて、とろりと粘着質の液体があふれてしまう。

セックスは自転車と同じで、一度覚えたら忘れないものなのか。あるいは感覚だけは覚えているけれど、反復学習をしていないと隘路は狭まってしまうものなのか。

どちらにせよ、今こうして凌太朗に突き上げられて脳髄まで蕩《とろ》けるような快感に身悶《みもだ》えしていることだけがリアルだ。

全身が震えるほどに快楽の波が押し寄せてきている。

まだ最奥まで到達してもいないのに、早くも亜沙の中はひくひくと痙攣《けいれん》していた。

「ぁ、ああ、中、ダメ……っ」

「気持ちよくて駄目《だめ》？」

「んっ……、わかってるのに聞かないで……っ」

シーツをつかんでいた両手を、彼がそっと自分の体に誘導する。

広い背中にしがみつくようにして、亜沙は懸命に凌太朗の与える刺激に追いつこうとしていた。

「俺もやばい。よすぎてやばいだろ、こんなの」

ぬぐ、にゅぷ、と耳を覆う音を立てながら、彼がかすれた声で言う。

自分だけではなく彼もまた感じてくれているのだ。そう思うと、ますます腰の奥に甘い澱《おり》が凝《こご》ってしまう気がした。

「才賀さ……」

「うん？」

ひたいに薄く汗をかき、彼が亜沙の目を覗き込んでくる。

どうしようもないほど、体の奥が彼を求めていた。こんなふうになってしまうなんて、どこか現実と乖離《かいり》している。けれどこれこそが、今この瞬間に亜沙を支配する快感の姿だ。

「もぉ、奥まできてくださ……あ、っ……」

「ゆっくりしたほうがいいって、昔の亜沙は言ってたんじゃなかったか？」

「それは昔の……っ……んん、んっ、そこ、ダメ、あっ……！」

腰から背骨を伝って得も言われぬ官能が脳天へ昇りつめる。

凌太朗の背に爪を立て、亜沙は泣きそうな吐息をもらした。

「まだ全部入ってないのにイクなんて、やっぱり感じやすくなったんだな」

「そ……んな、こと……」

知らない、と言いたい唇が、さらに奥へと隘路を広げる劣情に言葉を奪われる。

「ひぅ……っ！　ぁ、ダメ、イッたばかりなのに、中……っ」

「さっきは奥まで来てって言った」

「それは、さっき……！　ああ、あ、やぁぁ……っ」

膨らんだ切っ先が、最奥までひと息に突き上げられた。

亜沙は全身をこわばらせ、息を吸うことさえ忘れて彼の熱量を食いしめる。

体の内側が、凌太朗の雄槍を写し取るように収斂《しゅうれん》していた。

「入り口、ぎゅうぎゅう締めてくる。食いちぎられそう」

言われなくとも、自分の体がひどく彼を引き絞っていることは感じているのだ。

そのせいでいっそう亜沙自身も感じてしまう。

快楽というのは、共同作業だ。

ひとりでできることを、ふたりでする。

それによっていっそうの悦《よろこ》びを得られるよう、人間の体は作られているのだろう。

「っは、あ、ああ、動いてないのに……っ」

いちばん深いところに先端を埋めた淩太朗が、腰を動かすことなく鎖骨にキスを落とした。

するると、粘膜がせつなく蠢《うごめ》いては彼のものを締めつけ、物理的な刺激なしにまたしても快感の波が打ち寄せてくる。

「ああ、動いてないのに亜沙の中すごいな」

「っ……ぅ、なんで、こんな……」

浅い呼吸で必死に酸素を取り込んで、亜沙はぎゅっと目を閉じた。

「——続きが聞きたい」

「な、に……？」

「なんでこんな、の続きだよ、亜沙」

覆《おお》いかぶさる屈強な肉体が、ぐんと腰を引く。その動きに、亜沙は息を呑んだ。

「ぃ、いや、ダメ、今は……っ……」

「待たない」

ずぐんっ、と勢いよく劣情が体の内側を貫く。

「ひ、ぁあ、ああっ」

たった一撃で、全身が打ち震えた。

「ほら、続きを聞かせてよ」

「や、わかんな……」

「わかるだろ？　俺を亜沙の声で満足させて」

深奥をぐりぐりと刺激しては、彼が不規則に腰を打ちつけてくる。

律動と違って予想のできない動きには、心の準備もままならない。もちろん、わかっていたからといって感じずに済むわけではないので、どちらも同じ効果を生むのかもしれなかった。

刺激は、快感を誘い出す。

繰り返し与えられる快感は、この悦びを絶頂へと連れて行く。

「うう、こんな……っ、あ、あ、なんでこんなに、気持ちいいの……っ……」

「やばい。その声、かなりクるわ」

息を吐《は》いた唇を、凌太朗がきつく吸い上げた。

舌ごと奪い取られ、亜沙はただ激しく揺さぶられる。

逃がさないとばかりに抱きしめられた体は、彼の逞《たくま》しく漲《みなぎ》ったもので快楽の果てへと押し上げられていく。

――ダメ、おかしくなる。こんなにキスされたまま、中を抉《えぐ》られたら……！

達しても達しても、その終わりは見えない。

もう何度目かわからない波が亜沙の体の中に打ち寄せた。

「んん、んぅ……っ……んーっ……！」

唇を塞《ふさ》がれたまま、腰からわきあがるどうしようもない悦楽に身を任せる。

つま先がぎゅっとまるまって、凌太朗を抱きしめる両腕は肘から先が小刻みに震えていた。

「キスしながらイクの、かわいすぎかよ……」

心まで溶かしてしまいそうな甘い声が、余韻《よいん》に汗ばむ亜沙の体を包んでいった。

――こんなことってある？　理性は衝動に勝てないの？

快感に支配された思考回路で、懸命に事態を把握しようとする。

恋人でもない男に抱かれて、かつてないほどに感じている自分。

何度達しても、まだ続きをしようとする彼。

この悦びに終わりがあるのは当然なのに、凌太朗が腰を打ちつけるたび、絶望と希望が同時に心を満たしていく。

気持ちよすぎてどうにもならない。

――才賀さんのせいで、こんなに感じちゃうんだ。

「もう一回、イクとこ見せて」

「や、もうさすがに……」

「まだイケるだろ。亜沙、ほらこっち。腰逃げんな」

「つっ……！　嘘《うそ》、まだ……⁉」

「俺がイクまで終わらないってわかってるんだろ？　だったら、諦めて？」

黒髪が汗で濡《ぬ》れている。

おかしいほどに感じさせられながらも、亜沙は見上げた男を美しいと思った。


……❙……・……❙……

やがて朝陽が昇り、凌太朗は薄く目を開く。

寝起きの目に、カーテンの隙間からこぼれる光はひどく眩しい。

ついでに言うなら、昨晩二回戦までしっかり堪能した結果の眩《まぶ》しさにも思える。

――八時過ぎか。

土曜の朝を彼女の部屋で迎えるというのは、なかなかに久しぶりな感覚だ。それは間違いではなく、実際に三年半ぶりのことである。

時刻を確認するために手にしたスマホに、突然着信が表示された。

バイブにしていなかったらしく、軽快な着信音が流れる。

亜沙を起こしてしまうのを懸念し、慌てて通話をスワイプした。

「ああ、はい。もしもし？」

小声で応答しつつ、ボクサーパンツにワイシャツだけを羽織った間の抜けた格好でベランダに出る。

これもまた、亜沙を起こさないためである。

『なんだ、ずいぶん寝ぼけた声だな』

「そりゃ、土曜の朝なんだから寝ぼけていてもおかしくないだろ」

電話の相手は父だった。

そういえば昔から、父は土日祝日でも六時には起きる。彼にとっては、土曜の朝八時は目が覚めてラジオ体操を終えて、朝食も終わった頃合いなのだろう。

『外か？　鳥の声がするな』

「俺がどこにいようと俺の自由。三十近い息子の生活に興味持たないでくれ」

『大事な息子の生活だ。何歳だろうと親が心配するのは当然と知りなさい』

凌太朗の父は、生まれたときから家業を継ぐ社長となるべく教育を受けて育った人物だ。

少しばかり高圧的な物言いはそのせいで、兄と自分の将来に口出ししたがるのは性格だと思っている。

「で、こんな早くからどうしたんだよ。俺が堕落《だらく》した生活してないか確認？」

『いや、用事がふたつある』

「ふむ？」

実家は、それなりに名の知れた食品会社である。

兄は後継者としておとなしく父の会社に就職したが、子どものころから自由に育った次男の凌太朗は父の反対を押し切って榛商事に入社した。

海外赴任はそのころからの夢だった。

『ひとつ、日本に帰ってきたんだから実家に戻ることも考えてみろ。住民票を作るために住所を使ったと聞いたぞ』

伝えたのは母か兄か。

どちらにせよ、フランスから戻っても一向に顔を出さない不義理の息子への苦言に違いない。

「いい歳して実家住まいのほうが面倒だ。どうせ、会社の近くに部屋を借りるから」

心の中では亜沙と一緒に住みたいと思っているけれど、さすがにそこまでいちいち父親に報告することではなかった。

『ふたつ、凌太朗、おまえに会わせたいお嬢さんがいる』

「……いや、待てよ。それ、見合いっていうんじゃないだろうな」

『無論見合いだ。察しがよくて助かるぞ』

そういうことなら、あえて言おう。

「あー、悪いけど今、恋人の部屋なんだ。縁談には興味ないし、そういうのはそっちで処理しておいてくれよ」

『凌太朗！』

適当に切り上げようとしたところに、父の大きな声が鼓膜を震わせた。

「〜〜〜〜っっ」

——でかい声だな、まじで……

室内ではなかったことに感謝する。

スピーカーホンにしていなくても、亜沙を起こしてしまいかねない音量だった。

「……あのさ、今さら俺が親父の会社のレールに乗るとは思ってないだろ？」

確認を含めた問いかけに、父が『ああ』と肯定の返事をする。

『だが、だからといって結婚相手が親に紹介できないような女性では困るというのもわかるな？』

——紹介できないどころか、きっと亜沙のことは気に入る。

根拠あっての想像だが、今はまだそれを告げる時期ではない。

何しろ、当の亜沙にプロポーズしていない状況だ。三年半前に言い回しをごまかしたツケが未だについてまわっている。

——それどころか、あいつは俺とつきあってるって認識してないんだよな。

「遠くないうちに、連れて挨拶に行くよ。だから、縁談は勘弁」

『いいか、凌太朗。結婚というのはな——』

「わかった。それは今度聞く。とりあえず切るから」

まだ何か言いたげな父を電話の向こうに置き去って、通話を終了する。

はあ、とため息をついたときに気配を感じて顔を上げた。

「あ……っ……」

ベランダの仕切り板から少し身を乗り出して、隣の部屋の住人らしき女性がこちらを覗いている。

——しまった。うるさかったか？

「おはようございます。お騒がせしてすみません」

亜沙いわく王子スマイルで、ワイシャツにボクサーパンツという言い訳できない格好をごまかした。

「あ、おはようございます」

「それじゃ、俺はこれで」

そそくさと室内に戻ると、亜沙が眠そうに目をこすっている。

「おはよう、起きたか」

「うう……眠いし、体がぎしぎしします……」

昨晩さんざん抱いたことを思えば当然だ。

「脚が……なんか、はさまってるみたいで……うー」

その言葉に少しばかり男としての自尊心を満たされるなんて言ったら、彼女は嫌な顔をするだろう。

「電話が来て、ベランダに出てたよ」

「そうなんですかぁ……」

「なんか、お隣さんに会ったから挨拶《あいさつ》しておいた」

「っっ……はぁ⁉」

急に彼女の目が大きく開いた。

「し、しんじられない……」

まだ寝起きのかすれた声で、亜沙がつぶやく。

「わたしが男の人をとっかえひっかえ部屋に泊めてると思われたらどうするんですか……」

「とっかえひ……おまえ、俺以外も泊めてるのかよ！」

「誰も泊めてなんかいませんよ！　見てください、このおひとり様仕様の部屋を！」

何か妙に強気な言葉だ。ひとり暮らしなのだから、当たり前のことでしかない。

「だったら別に誤解なんてされないだろ」

「いやだあああああ、彼氏でもないのに勝手に彼氏ヅラする俺様の才賀さんを彼氏だと思われるじゃないですかあああああ……」

大きな声ではないけれど、悲壮感漂う亜沙の姿にこちらも多少は傷つく。

しかし、こんなところでくじけていてはプロポーズへの道は遠い。

凌太朗は気を取り直して、ベッドの前に仁王立ちした。

「残念だったな。俺は亜沙の彼氏だ」

「な、何を根拠にそんな……！」

根拠などありはしない。当人から否定されても、言い張っているだけのことだ。

だが、ここはあえて――

彼女の耳元に顔を寄せる。

「体の相性、だろ？」

一瞬で頬を真っ赤にした亜沙を見下ろし、あまりのかわいさにもう一度ベッドに押し倒したくなるのをぎりぎりでこらえた。

残念ながら、準備してきた避妊具は昨晩全部使い終えてしまったせいだ。

「……っ、才賀さん、卑猥《ひわい》です！」

「彼氏彼女なんて、人から見れば卑猥なことをふたりで楽しむ関係だ」

「もっと夢のある関係のはずですよ」

「夢のある卑猥ならいいのか？」

「ゆ、ゆめのあるひわい……」

なんともいえない表情で、亜沙は意味のわからない言葉を繰り返した。

自分で言っておいてなんだが、夢のある卑猥については深掘りされたところでいい回答は見つけられそうにない。


……┃……・……┃……


食生活が豊かになった。

十一月も二週目に入ると、吹く風の冷たさが身に染みる。

朝夕は日に日に冷え込みが増していき、お風呂にお湯を張るのが毎晩の楽しみになる季節だ。

それと食生活になんの関係があるかといわれれば、実にまったく関係はない。

凌太朗の帰国にともない、外食に誘われることが増えた結果、望まずして野菜や魚を食べるようになったという話だ。

昨晩、彼は月曜だというのに亜沙のマンションへやってきて、料理を振る舞ってくれた。

何を食べたいか聞かれたのでブフ・ブルギニョンと即答したのだが、出てきたのはエビチリと春雨サラダ、野菜のスープとからあげだ。

「これはひとつもブフ・ブルギニョンにかすってませんよ⁉」

「そんなの平日の夜にさくっと作れるものじゃないってわかってるか？」

「……だったら最初から作れないって言えばいいじゃないですか」

「玉ねぎよけんな。きくらげも！」

そして、残った食材を本日お弁当に詰めて持ってきた。

コートを着て屋上にランチの場所を求めた亜沙は、思ったより人が多いことに驚いている。

――手作り弁当派がこんなに……！　皆さん、めちゃくちゃ尊敬します。

食堂でお弁当箱を広げる社員もいるけれど、ひとりメシといえばやはり屋上だろう。

わりと顔を知った人が多いので、なんとなくうつむきがちになる。

そそくさと人のいないほうに移動し、日陰になったところでハンカチを敷いて腰を下ろす。

今日は気温が高く晴れているおかげで風は気にならないが、コンクリートの冷たさには少しだけ身がすくんだ。

――いただきまーす。

心の中でひとりごち、箸を手にお弁当箱を開ける。

自分で詰めたのだから中身はわかっていたが、冷めてもおいしいからあげを見ると早くも口の中に唾液がたまった。

「ふっふっふ、お弁当を詰めるのにもセンスがいる……」

普段からお弁当生活なんてしていないので、満員電車で荷物が斜めになった結果、おかずが片側に寄っている。

だが、味にはなんら影響がない。

なるべく人目を避けたのは、お弁当箱に主食を詰めてこなかったせいだ。

亜沙はあまり米やパン、麺が好きではなかった。

幼いころからずっとそうなので、自分がなぜいわゆる主食を好まないのかなんてわからない。

ただ、おかずのほうが――しかも圧倒的に肉のおかずのほうが好きだ。

――んん？　冷めたエビチリっていうのもなかなかおいしい。

普段、自分で作らない料理というのは新たな発見がある。

凌太朗に作ってもらったおかずだけというのも情けないので、一品追加で作ったもの――豚ロースの香草焼きも入れてきた。

赤いエビチリ、茶色いからあげ、パン粉をまぶした香草焼き。

色味もなかなか食欲をそそる。

昨晩、彼が部屋まで来たときには「やっぱり住所を知られたのは失策だった」と思ったものだが、翌日のお弁当までおいしく豊かになるとゲンキンなことに凌太朗の来訪がほんのり待ち遠しくなる。

次回こそぜひブフ・ブルギニョンを。

時間がかかると言っていたから、亜沙の部屋より凌太朗の部屋で――と思ってから気がついた。

彼はまだホテル暮らしだ。

だからこそ、自炊ができなくて亜沙の部屋へ来たのかもしれない。

からあげを口いっぱいに頬張ると、幸せいっぱいに噛みしめる。

人は肉を食べながら考えごとなどできない。

揚げたてはもちろん、冷めてもしっかりと鶏肉の旨みが残る凌太朗のからあげは、昔と変わらず亜沙の好物だった。

「――なんで春雨サラダは入れてこないんだよ」

「んぐっ⁉」

急に声をかけられて、亜沙は喉を詰まらせそうになる。

「飲み物、ほら」

「んんんん」

手渡されたペットボトルのあたたかいお茶をぐっとあおって、なんとか呼吸困難になるのは免《まぬが》れた。

はあ、と大きなため息がひとつ。亜沙がついたわけではない。

「見事におかずだけの弁当だな」

声をかけてきたのは考えるまでもなく凌太朗だった。

彼の手には、駅ビルに入っているデリの紙袋が提げられている。

見れば、亜沙が飲んだお茶もデリのオリジナル商品だ。

「なんでここがわかったんですか？」

怪訝《けげん》な目で見上げると、凌太朗はどっかと隣に腰を下ろす。

「それはもちろんＧＰＳだ」

「ええ……⁉」

完全にストーカーの発言ではないかと言いそうになって、かろうじて口をつぐんだ。

――ストーカーに向かって「あなたストーカーですね」って言うのはよくないって、誰かが言ってた！

「な、なるほど。それはそうですね。ＧＰＳがないとわかるわけないです、はは、あはは、はひひひ」

「気持ち悪い笑い方するな。それと、なんでも簡単に信じるなよ」

彼は紙袋からサラダの容器をふたつ取り出し、片方を亜沙に差し出してくる。

「そもそも同じビルの屋上とオフィスでＧＰＳの正しい位置情報なんてわかるか」

「じゃあ、なんでそんなこと言ったんです！」

「さあな？」

結局、彼がどうやって亜沙の居場所を見つけたのかはわからないままだ。

ずいと押しつけられたサラダに、どんよりと眉間が曇る。

野菜は苦手だ。特に生野菜。

ドレッシングも食べられるものは限られている。

シーザードレッシング、コブサラダドレッシング、サウザンアイランドなど味が濃いめでクリーミーなもの、もしくはチーズが効いているものでないと――

「ドレッシング、何がいい？」

彼は魔法使いのように、亜沙の好む三種類のドレッシングを取り出した。

「もしかして、粉チーズもあったりします……？」

「ああ」

「じゃあ、シーザーでお願いします！」

——才賀さんは優秀な会社員より、家事が得意なお父さんに向いてるのでは。

そんな失礼なことを考えていたとは、彼も思うまい。

容器のふたを開けてドレッシングと粉チーズを振ると、再度ふたを閉めてシェイクする。

勝手にシェイクサラダだ。

「それで、どうして屋上だってわかったんですか？」

むぐむぐと生野菜を食べつつ、先ほどの疑問に立ち戻る。

「想像と消去法だ」

「そ、想像ってエロ方面ではないですよね……」

「……俺はおまえの思考が心配になってきたよ」

本日二度目のため息に、亜沙は唇を尖《とが》らせた。

「おかずが残っていたら、弁当に詰めることは想像に易い。で、どうせ亜沙のことだから米を詰めずにおかずだけ持ってくる。そうなると社員食堂では食べにくいだろ」

なるほど、彼には探偵の素質もあるらしい。

「今日は天気もいいし、だったら屋上から当たるのは誰でも思いつくことだ」

「誰でもってほどじゃないですよ。誇っていいと思います」

「誰目線だよ」

「わたし目線以外、何があるんです」

少なくとも亜沙には、凌太朗がどこでどんな昼食をとっているか想像できない。

レタスとエビとアボカドをはさんだバゲットサンドをかじる彼は、やれやれと小さな声で言った。

「そこは、好きな女の居場所ならわかる、程度にしておけばよかったな」

「……ストーカーじゃないですか」

GPSを仕掛けられていないと安心したからこそ、言える言葉だ。

「いいから野菜を食べなさい」

「はあい」

しばし、お互いに黙して食事に没頭する。

さすがは有名デリのサラダというべきか、生野菜が得意ではない亜沙でもおいしいと思えてくる。

――そういえば、ビーフファイター・ステーキハウスでもコブサラダを選んでくれたんだった。

離れていた間も亜沙のことを忘れていなかったというのは、あながち嘘ではないのかもしれない。

そうでなければ、亜沙が食べられるサラダを覚えているというのは記憶力が良すぎる。

――だってわたし、才賀さんの好きなものなんてぱっと思い出せない。

ぱっと思い出せなくとも、じっくり考えればどうだろうか。

レタスを咀嚼《そしゃく》しながら、彼がおいしそうに食べていたものを思い返してみる。

――なんかお魚。あと、ロブスター？　あ、魚卵も好きそうだった。イクラとかたらことか、そういうおにぎり食べてた気がする。

肉料理が浮かばないのが不思議だ。

男性は肉を好むものではないのだろうか。それとも、若いうちだけなのか。

亜沙の父親は、五十を過ぎてもバーベキューが大好きだ。

「才賀さんは健康志向ですね」

「この先、あと五十年以上つきあう自分の体だろ。メンテナンスはしておかないとあとで困るのも俺だ」

「……なるほど」

目先の美味より、未来の健康。

自分には到底できない発言だと思う。

——でも、ごちそうしてもらってばかりっていうのはさすがになあ……

先週末の食事代も、彼は亜沙の差し出したお金を受け取らずに帰ってしまった。

恋人であろうと、毎食おごってもらうのは気まずさがある。

自称プロのおひとり様としては、なおさら人のお金で食べることに疑問を覚えずにいられない。

——せめて何かお礼を。それでいい感じに才賀さんがわたし以外に興味を持つような何か。

「あっ！」

「なんだ、急に」

「いいのを思いつきました！」

「いや、だからなんの話なんだよ」

「お礼ですよ」

肉料理をごちそうするよりも、きっと彼ならば――

「才賀さんの部屋探しをお手伝いします」

「……なんで？」

亜沙としてはいい考えだと思ったのだが、凌太朗は胡乱《うろん》な目を向けてくる。

――えー、なんでそんな疑わしい顔を！

というのも、帰国したばかりの彼には新居が必要だ。

だが、早くも新規プロジェクトにアサインされ、デキる男は仕事に忙殺されている。

その合間を縫って、わざわざ亜沙に食事を作りに来てくれるのだから、なんだかもう崇《あが》め祀《まつ》ってもいいくらいなのだが、それはそれ。

「才賀さん、忙しいじゃないですか。だから、条件を教えてくれればわたしがいくつかピックアップをしてきます」

「亜沙のマンションから遠い物件を選ぼうって魂胆か？」

「そっ……それは、まあ一案としては……」

ひそかなたくらみを指摘され、言葉に詰まる。

「まあでも、物件をピックアップしてもらえるのは助かる」

「ですよね！」

「ありがとうな、亜沙」

大きな手が、頭を撫でてくるのにも慣れはじめていた。

このままではいけない気がするのに、彼がいることが少しずつ当たり前になっていく。

――それじゃダメだ。また同じことの繰り返しになる。

亜沙だって、曖昧《あいまい》なこの関係がよくないことは知っていた。

だからといって彼の誘導する道を考えなしに歩くのも違う。三年前と同じ結末を選ぶくらいなら、セフレでいたほうがマシだ。

そう思ってから、自分の人生と縁遠い言葉が降りかかってきたことに驚く。

――セフレって、そっか、今のわたしたちはある意味セフレ……！

「なんで赤面してるんだ？」

「ぶっ、物件のことを考えてたんです」

「よからぬことをたくらんでいたと言わんばかりの返事だな」

「違いますよ！　あの、あれです。えっと、家具も選びましょうか？」

「……ああ、頼むよ。俺はそういうことには詳しくない」

ひとり春めいた笑顔を見せる彼を前に、以前凌太朗が住んでいたマンションのインテリアは亜沙には思いつかないようなおしゃれなものばかりだったのを思い出した。

――墓穴を掘った気がするけれど、もうあとには退《ひ》けない。

関係性には、いつだって名前が必要だ。

家族、友人、恋人、同僚、ライバル。

わかりやすい名前は、自分がその人にとってどういう振る舞いをすべきかを決定づける一因になる。

——少なくともセフレはあまりいい関係性じゃないと思う！

ひゅう、とビルの間を鳴らして風が吹く。

音ほどの寒さは感じないが、やはり十一月の屋上はランチタイムに最適とは言い難かった。

「やるよ」

凌太朗が何かを放ってよこす。

「えっ、何？」

反射的にキャッチしたそれは、ほわりと温かい。

今年初めての使い捨てカイロだ。

——今年っていうか、もう何年も使ったことなかったな。

実家で暮らしていたころは、母親が買ってきて寒い日の朝に持たせてくれた記憶がある。

ひとり暮らしをして以降、自分で買わないかぎり家にものは増えない。

「才賀さん」

「ん」

「日本に帰ってきて、使い捨てカイロ買ったんですか？」

そうでなければ、彼が持っている理由が思い当たらない。フランス土産ということもないだろう。

「買い物したときにサンプルをもらった」

「冷え性男子かと」

「冷え性はそっちだろ。ちゃんとあったかくしろよ」

手のひらで包んだカイロのぬくもりは、無料サンプルだとわかっていても妙に心に染み入る。

再会したふたりに、久しぶりの冬が訪れようとしていた。

第三章　俺様には種類がある

家賃十五万円以下、間取りは2LDK以上、駅徒歩十分以内、コンロは三口、浴室乾燥機つき、築十五年以内。

そのほかに路線と希望する駅がまとめられたSNSのトークを睨《にら》みつけ、亜沙《あさ》は「ありえない」と小さくこぼした。

家賃は亜沙の倍の金額だが、ほかの条件が厳しすぎる。

――これで部屋って見つかるの？　なんでひとり暮らしで2LDKが必要なんですか！

もちろんもっと細かい条件もある。洗濯機は室内に置き場必須などだ。

とはいえ、浴室乾燥機つきの物件でベランダや外廊下に洗濯機置き場がある部屋は少ない。絶対に存在しないとは言い切れないが、亜沙が見たかぎりでは見当たらなかった。

「お部屋探しってたいへんだな……」

自分の部屋を探すときは、もっと簡単だったように思う。

おそらく凌太朗《りょうたろう》ほど条件がなかったからだ。

亜沙の希望は家賃共益費込みで七万円以下、二階以上、バストイレ別くらいだった。もちろん、その条件で出てきた中から築浅で駅に近い物件を選んだので凌太朗の条件にはうなずけるところも多い。

ペットを飼っている友人や音楽の仕事をしている友人は、部屋探しにかなりの労力を使うと言っていた。

——それにくらべたら、このくらいたいしたことないな。

さっさと部屋を見つけないと、凌太朗の彼氏ぶりに拍車がかかる。

「覚悟しろよ。俺なしでいられなくしてやる」

昨晩、彼はそう言った。

エロ方面ではなく、買ってきた極上のA5のブランド牛をフライパンで焼きながらの発言だ。

牛肉を引き合いに出されると、どうにも弱い亜沙である。

「牛肉《あなた》なしでは生きていけません……！」

「肉を見て言うな」

肉は食べたい、家に来ないでほしい、しかし肉は——

どうにもならない葛藤を払拭《ふっしょく》するには、凌太朗が土日に引きこもりたくなるような素晴《すば》らしい物件を見つけるのが正義だ。

亜沙だって、自分ひとりの口と腹を満たすだけのお給料はもらっている。

現に彼のいない三年半、ちゃんと毎日生活してきているのだから、凌太朗がいなくたって平気なはずだった。

慣らされていく自分が怖い。

もしこのまま凌太朗がいる生活に慣れたあと、また彼が遠い国へ赴任になったら？

海外事業部にいるということは、突然ブラジルへ異動になることだってありえる。地球の裏側に住む人と恋をするのはきっと寂しい。

——だから、才賀《さいが》さんには才賀さんひとりで幸せになってもらって、わたしはわたしで幸せになる。

亜沙はもともと楽天家だ。常に恋愛が人生のエンジンになるタイプでもない。おひとり様を堪能《たんのう》できるし、結婚願望はあってなきがごとしだ。正社員として働き、とりあえず少しは貯金できる程度に給与をもらい、衣食住に困らずたまにご褒美ディナーも食べられる。これ以上を望んだら分不相応だとさえ思う。

榛《はしばみ》商事に入社した当初、才賀凌太朗と出会って恋をしたのはまさしく分不相応だったのだ。

だから別れは訪れた。

彼と出会う以前より、別れた以降のほうがずっと寂しかった。

孤独は、誰かと寄り添うことを知らなければ気づかずにいられる。

三年半かけてやっと自分を取り戻せたのに、また彼とつきあうのは怖い。

——そう思う時点で、わたしはきっとダメなんだろうな。こんなふうに才賀さんに慣れてしまったら、つきあっていなくたって離れるときに寂しくなる。

だから、早く彼とただの同僚になるために部屋を探す。

そう思っていたのだが、ネットでピックアップした物件を見に行くため、週末にふたりで不動産屋を訪れた際、新たな問題が発生していることに気づいた。

「えー、こちらはおふたりでお住まいということですか？」

「違います」

土曜日に一軒目でそう尋ねられ、亜沙は笑顔で否定した。

「一緒にお住まいの場合は婚約者というかたちにしていただいたほうが大家さんがご安心されますので」

「住みません」

二軒目でもまだ笑顔を保った。

「ご結婚のご予定はいつごろですか？」

日曜日、三軒目で先走った質問に亜沙の笑顔は凍りついた。

その隙《すき》を見て、凌太朗がにっこりと王子スマイルを決める。

「なるべく早くしたいと思ってるんです」

——誰と誰が結婚するんですか！

条件に合う部屋のある不動産屋だったが、内見に行く前に店をあとにした。

スタッフから「彼女さんは」と呼びかけられることに否定する気力もわかない。

「わりとよさそうな部屋、あったのにな」

「結婚する予定がないのにお部屋を決めるわけにはいきませんからね！」

「ははっ」

彼らしくない、感情が不明瞭な笑い声。

それは、凌太朗としても亜沙を結婚相手になんて考えていないと言われているようで、いっそう気持ちがどんよりする。

――別に、わたしは才賀さんと結婚したいわけじゃない。誤解されたくないだけだ。

だが、もしも。

三年半前に、彼が結婚して一緒にフランスへ行こうと言ってくれたら、どうしていただろうか。

ときどき考えてしまう。

人生にはいくつもの分岐点がある。

そのどこかで違う選択をしていたら、今の自分とはまったく違う人生があったのではないだろうか、と。

――結婚なんてありえないけど、もし別れずにいたら休暇にフランスへ会いに行って、ブフ・ブルギニョンを本場で食べてたんだろうなあ。

現実は、起こったことだけで形成されている。

可能性の過去は、選択されたなかった未来の残滓《ざんし》だ。そこに思いを馳《は》せても、取り戻すことはできない。

「才賀さん、２ＬＤＫなんて必要ですか？　広いと掃除がたいへんですよ」

「大は小を兼ねる」

「帯に短し襷《たすき》に長しとも言います」

「……それはちょっと今使うには適してないんじゃないか？」

「そっ、そうかもしれませんけど！」

次の不動産屋まで移動するため、ふたりは葉の落ちた街路樹が等間隔に並ぶ道を歩いていく。

ときおり、どこかから名前を知らない鳥の鳴き声が聞こえてきた。

「結婚したら、子どもがほしい」

「はい？」

突然そう言われて、亜沙は我が耳を疑う。

彼は何を語りだしたのか。

「俺は、子どもがほしいほうなんだよ。だから、そのときのことを考えると２ＬＤＫはあっていいと思ってる」

「結婚が決まってから考えたほうが無駄《むだ》がないと思うんですけど」

凌太朗は遠くを見つめて、黙っている。

――なんか、沈黙が気まずい……。

余計な口出しをしてしまった。自分の浅慮に肩が落ちる。

「それより、やっぱり浴室乾燥機は必須だよな」

「え、ええ？　そうですか？」

「ああ。土日しか洗濯できないのは困る」

「平日もすればいいですよ」

「平日仕事していて、いつ干すんだ？」

「出勤前に干すんです」

「もう一日追加で干したままにするか、雨が降ったら？」

「前者はありえないだろ……」

人の心の機微にあまり鋭《するど》いほうではない自覚はあれど、洗い直すかの二択ですね」

「前者はありえないだろ……」

人の心の機微にあまり鋭《するど》いほうではない自覚はあれど、今の会話の切り替えは凌太朗の思いやりだと感じるところはあった。

――そういう意味では才賀さんは、俺様にしては優しい。

ふと、彼はほんとうに俺様なのか疑念が生じる。

亜沙が勝手にそう思っているだけで、王子スマイルのほうが彼の本性という可能性もなくはない。

「才賀さんは俺様なんですか？」

「亜沙、文脈って知ってるか？」

「知ってますよ。失礼な人ですね」

「いきなり『俺様なんですか』っていうのは失礼じゃないのかよ」

「……じゃあ、文脈を作ります」

さて、どんな文脈なら「あなたは俺様ですか？」と尋《たず》ねることが可能なのか。

考えつくより先に、次の不動産屋が見えてきた。

――才賀さんは俺様だけど、わたしの言葉を聞いて待ってくれることもある。優しいというより、もしかしてわたしのことを優先してくれるの……？

……┃……・……┃……


「……って、ぜんぜん優先してくれてない！」

ベッドの上で、亜沙は天井に向かって声をあげる。

「何がだよ」

「わ、わたしの気持ちとか意見とか、そういうのですよ」

「？　優先した結果、こうなってる」

場所は、凌太朗の定宿であるホテルの客室だ。

部屋探しのあと、夕食に牛肉をごちそうすると言われてほいほいついてきた自分も自分だが、レストランではなくホテルの部屋に連れ込む彼にも問題があると思う。

最初はおかしいと不満を言ったが、ルームサービスのメニューを見せられてその気になった。

食事の前に亜沙を食べたい――なんて甘い言葉に負けてしまった。

なにしろ、セックスそのものは気持ちがいいからどうしようもない。

――ある意味では優先してくれてる。だからこそ、あんなに気持ちよくされちゃうんだけど！

大満足の一回戦が終わり、見事敗北を喫した。負けるが勝ちとはよく言ったものだ。

「亜沙、バスタブにお湯を張るから食事が届くまでゆっくりしたらどうだ？」

「わかってるようでわかってませんね」

「できれば俺にもわかるように話してくれ」

「お風呂入ったら、メイクを落とすことになります」

「ああ」

「メイク直しできるくらいの化粧品は持ってますけど、下地から何から全部は持ってきてないんですよ」

とはいえ亜沙は基本手抜きメイクの人生なので、最悪の場合眉さえ書けばいいと思っている。

近所のコンビニくらい眉なしで帽子を深くかぶれば余裕で行けるのだが、今日は少し見栄を張った。

「化粧してなくても亜沙はかわいい」

「なっ……」

別にそんなお世辞を求めて言ったわけではない。

けれど、当たり前のように褒められるとこちらとしても急に頬が熱くなる。

「というか、化粧を落とさないと違う意味であまりよくないようにも思うぞ」

「どういう意味ですか」

彼は何も言わない。

のろのろとベッドから起き上がり、亜沙は自力でバスルームへ向かうことにした。

鏡に映る自分は、マスカラが落ちて目の下が黒くなっている。

——うう、これはたしかにメイク直しするより落としたほうがラクだ。

主に凌太朗のせいだと思う。

彼がさんざん、たっぷり、丁寧《ていねい》に、念入りに、この上ないほどじっくりと行為に及んだせいで、汗をかいた。

おかげで今も膝ががくがくするし、脚の間に何か挟まったような感覚が残っている。

——よくも、こんな顔を見て萎《な》えないですね、才賀さん……

「お湯、張るか」

「才賀さんって性欲が強いんですか？」

「……なあ、それ本気で聞いてるんだな？」

「浅慮でした」

「いや、もういっそ回答したほうがいい気がしてきた。どっちがいい？」

「どっちって？」

「亜沙が望むほうを答えてやるよ」

頬にそっと彼の手が触れる。

——どっちって、そんなの才賀さんにしかわからないじゃない！

「性欲が強いから亜沙を死ぬほど抱きたいってことにするか。それとも、性欲は人並みだけど亜沙のことが好きすぎて制御できないって——」

「才賀さん！」

両手で彼の口を覆《おお》うと、目だけでいたずらな笑みをにじませる。

たしかに浅慮だった。

彼がどの角度からでも、自身の望むベクトルに会話をコントロールできる天才だということを考慮していなかった。

――そうじゃなきゃ、人たらしなんてやってられないですよね！

手を離すと、凌太朗はただじっとこちらを見つめている。

形良い瞳が何を求めているのか、亜沙には見当もつかない。けれど、何かを欲しているのだけは伝わってきた。

「……聞いたところで、判別なんてできないんですよ」

自分で尋ねておいて情けないが、亜沙にはそもそも凌太朗としか経験がない。

つまり、彼の性欲がモンスター並みだろうが普通だろうが、実はこう見えてかなり控えめだとしても比較対象がいないということだ。

比較したいわけでも、彼をカテゴライズしたいわけでもなかった。

――いつも、頭に浮かんだことを口にするまで時間がかかる。才賀さん相手じゃなければ、たいてい呑《の》み込んだまま、話題が流れていく。

それなのに、どうしてだろう。

凌太朗を相手に話していると、亜沙は考えなしに話してしまう癖《くせ》がある。

いや、彼が帰国したばかりのころはそうでもなかったのに、どんどん考えるより先に口が動くようになってきていた。

かつて、彼とつきあっていたころもそうだった。あのころに戻ってはいけないと思いながら、自分から当時と同じ関係性を作ろうとしているように思えてくる。

「亜沙」

「はい？」

凌太朗は顔を耳元に寄せてきた。

「――俺は、亜沙にだけ欲情する」

「っっ……！」

「亜沙を抱くときだけ、自分でも信じられないくらい絶倫だよ」

「そっ……ういうところがおじさんになったって言ってるんですっ！」

「はいはい。で、お湯張る？　それともシャワーにする？」

「……シャワー、お借りします」

……‥┃……・……┃……

――亜沙が、俺の部屋でシャワーを浴びてる。

正しくはホテルの客室で、自分の部屋でないことはわかっていた。

けれど、再会してから肌を重ねても警戒心の強い猫のように訝《いぶか》ってばかりだった彼女が、メイク崩れを気にしてとはいえ自発的にシャワーを浴びている。

その事実に心躍るのを、凌太朗はしみじみと噛《か》みしめていた。

――ま、再会してすぐシャワーは一緒に浴びたけどな。

もちろん、凌太朗が無理やりバスルームに連れ込んだ。

――あいつからキスだってされた。

満足いくキスをしたら別れてやるという条件つきで。

――っっ、俺に抱かれるといつだって骨抜きだ！

言ってしまえば、凌太朗だって亜沙に完全に骨の髄《ずい》までいかれている。

どう考えても、恋をしているのは自分だけに思えて、躍る心がしゅんと落ちかけた。

「いや、俺にはまだ肉という手段が……！」

ルームサービスのメニューを手に、自分の言葉がむなしく響く。

――俺は結局、肉担当なのか……⁉

「肉、もう届いたんですかっ？」

「なっ、あ、亜沙⁉」

バスタオルを体に巻きつけた彼女が、濡《ぬ》れた髪のまま顔を出した。

「いや、あと二十分後に食事が届く予定だ」

「なんだ、肉って聞こえたから焦《あせ》っちゃいましたよ」

期待はずれと言いたげな表情で、彼女が洗面所へ戻っていく。

――完全に肉に負けてる。

再度落ちかけた肩を気力だけでいからせ、凌太朗は椅子《いす》から立ち上がった。

――負けられない戦いがある。そうだ。

妙に上がったテンションは、未だに同棲案すら口に出せていないせいである。

部屋数の多い賃貸マンションを探しているのは、亜沙と一緒に暮らすのを見越しているから。

結婚や子どもがほしい話をしたのだって、彼女にプロポーズしたいという一心だ。

好きだと繰り返し、体も重ねている。

それなのに、まったく自分に興味がなさそうな亜沙を前に、凌太朗にも焦る気持ちが止められなかった。

「亜沙」

ドアをノックすると、ドライヤーの音が聞こえてくる。

「亜沙」

もう一度呼びかけたが、彼女に自分の声は聞こえていないらしい。

ええい、と凌太朗は意を決してドアを開けた。ありがたいことに鍵はかかっていなかった。ここで鍵に阻《はば》まれたら、完全に心が折れそうな気がしていた。

「ぎゃ！　な、なんですか、いきなり……」

「亜沙、少し話したいんだ」

「髪を乾かしてからじゃダメなんですか？」

「……まだ乾いてないのか？」

ぱっと見たかぎり、彼女のやわらかな髪は乾いているように見える。

「内側とか、うしろとか、まだですよ」

「俺が乾かしてやるよ」

「え」

思ったより、ここの洗面所は冷える。毎日使っているから、凌太朗はそれを知っていた。

「おいで」

コードレスのドライヤーを彼女から奪い取ると、亜沙を連れてベッドルームへ戻る。

「急がないとお肉が来ちゃいます」

「その前に乾く。それと、肉だけじゃないからな。野菜も炭水化物も食べなさい」

「また命令する……」

ぼそりと言って、亜沙がふてくされたように椅子に座った。

まったく、彼女のどこが好きなのかと問われたら答えに詰まる。自分はなかなかの物好きか、飼育員気質か。

けれど、そういうところも愛しいと思ってしまうのだからどうしようもない。

「亜沙は俺と会うまで、いったい何を食べて生きてきたんだろうな」

「もちろんお肉です」

子どものようにやわらかな髪を、指で梳《す》きながら乾かしていく。

偏食家のはずの亜沙だが、その髪はとても艶《つや》やかだ。再会したときより、肌も潤っている。

「子どものころ、言われなかったか？　好き嫌いせず食べなさいって」

「言われましたよ。当たり前じゃないですか」

なぜ、こちらが悪いと言いたげなのか。

「で？　昔は嫌いなものも食べてたのか？」

「こう見えても、実家ではなんでも食べるいい子って褒《ほ》められて育ったんです」

――だったら、どこで道を間違えたんだ？

さすがに直接的すぎる物言いは、彼女の機嫌を損ねかねない。

「へえ？　じゃあ、いつから亜沙は悪い子になったんだよ」

「ひとり暮らしをしてからですね。好きじゃないものを食べて明日死んだら悲しいです。だったら毎日好きなものを食べよう、と！」

妙な刹那《せつな》主義もあったものだ。

だが、毎食を最後の晩餐と思って食すのなら、たしかに彼女の考えすべてを否定できるものではない。

「俺は、亜沙にはできるだけ長生きしてもらいたい」

「わたしだって長生きしたいです。もっと食べたいお肉がたくさんありますから」

「そのためには健康じゃないとな？」

「う……」

「この先、亜沙にもっといろんな肉料理を食べさせてやりたいし、食べてる亜沙を見て俺も幸せになりたい。だから、そのために野菜も食べること」

「そう言って、才賀さん野菜以外も食べさせるじゃないですか……」

「当然だ」

彼女の髪を乾かし終えて、凌太朗はドライヤーを洗面所に片付ける。

ホテルのガウン姿の彼女は、椅子の上に膝を抱えて座っていた。


……━……・……━……


考えてみれば、ルームサービスで食事をするのは人生で初めてのことだった。

「もう……食べられません……」

「これ以上食べられたら、見てるこっちが胸焼けする……」

ホテル内にあるレストランで作りたての料理を届けてくれるルームサービスには、想像以上の高級感とおいしさ、そして幸福が詰まっている。

この先、ホテルの客室で食事をする機会なんてないかもしれないと、亜沙はよくばってメインの肉料理を二種類も注文した。

実のところ、少々ルームサービスを見くびっていたのだ。

どうせ、大きな皿にほんのちょっぴりお料理を載せて運んでくるのだろう、と。

勝手なイメージと偏見でそう考えていた亜沙は、想像以上のボリュームに歓喜の喝采《かっさい》を送りたくなった。

——ルームサービスって、すばらしい……！

胃がぱんぱんに膨らんだ格好で、凌太朗のベッドに仰向けに寝転がる。

食べた直後に横になると牛になるというが、牛肉は好きでも自分が牛になりたいわけではない。

「食べ終えたら、そのままベッドに横になれるところが利点だろ」

「才賀さんが客室で食事しようって誘った理由が少しだけわかる気がします」

食事の前にちょっと激しい運動をしたことまで含めて、ルームサービス最高と言いたい気持ちになるのをぐっとこらえる。

そこまで認めたら、つきあっていないと言い張れなくなってしまうからだ。

——だけど、この状況でつきあってないって言う意味ってなんだろう。

不意に、自分の意地が意味のないものに思えてくる。

社内では、完全に凌太朗の彼女扱い。

ふたりでいれば恋人同士がすることをして、彼は亜沙のことを好きだと言ってくれている。

亜沙だって、凌太朗のことを元彼としてだけではなく特別に思っているからほだされてしまうのだ。決して彼が手練《てだ》だからというだけの理由ではない——と思いたい。

——じゃあ、つきあうって何？　つきあってるとつきあっていないの境界線はどこ？

二十六歳にもなって、こんなことを真剣に考えている自分が少しばかり心配になる。

「才賀さん」

「ん？」

「つきあうって、いったいなんなんでしょうね……」

もぞもぞと枕まで移動して、亜沙は天井を仰《あお》いだ。

昔——それこそ、社会人になって凌太朗と出会う以前の亜沙ならば、簡単に答えられた。

つきあうというのは、お互いに相手を好きだと思っていて、特別な関係だと共通認識を持っていること。

だからつきあっている相手とは、キスもそれ以上のこともする。ほかの人としないことをする相手。

けれど、世の中には時代によって名を変えつつ長い歴史を刻んできたセフレあるいはヤリ友、最近のマッチングアプリで言うならＦＷＢ——Friends with benefitsという関係が実在する。

恋愛関係にあるふたりには、夢見る未来がある。たとえば結婚がわかりやすい。

それに対してセフレはどうか。単にお互いの求める快楽を共有する関係であり、セックス以外のことを一緒にしたとしても、将来性のある関係ではない。

「つきあうっていうのは、対外的には俺の女だから誰も手を出すなって牽制できる。ふたりの関係に限っていうなら、亜沙にキスする権利を持つってことだろ」

「たいがいてき」

思いも寄らない方向からやってきた言葉に、一瞬頭が追いつかない。

――牽制しなくたって、わたしに寄ってくるのは物好きの俺様ばかりですけどね。

だが、対外的あるいは社会的にどう見えるかという点において、交際というステータスはとてもわかりやすいものに思える。

「俺はさ」

亜沙の隣に、凌太朗が体を寄せてきた。

長い腕がそっと体を抱きしめる。

「つきあうってことにこだわってるんじゃない。亜沙と一緒にいられるならそれでいい」

「……い、今、一緒にいるじゃないですか……」

「おまえ、わかってて言ってるだろ」

「…………」

――才賀さんが、わたしを好きって？　わかってます。わかってますよ。だけど、それは『今』なんです。

誰にも言わなかったことが、ひとつ。

凌太朗にだって、一度も言わなかった。

彼がフランスへ旅立ったあと、亜沙は毎日眠れずに泣きぬれて夜を過ごした。

もともと口に出さなかっただけで、彼を好きなのはわかっていた。

離れて初めて、自分が彼を好きで好きでたまらなかったと気がついた。自覚していたより、さらに凌太朗にことを好きだったのだと思い知らされたのだ。

けれど、終わってしまった恋を無理やりつなぎとめる方法なんて知らなかったし、ましてや相手は遠い外国にいる。

仲直りのためにちょっと飛行機に乗って会いに行く――なんて、社会人一年目の亜沙にはできなかったし、そもそもパスポートすら持っていなかった。

「才賀さんは、たくさん好きって言うタイプですよね」

「なんだよ、急に」

「きっと、才賀さんとつきあってる子はその言葉に安堵するんだと思います。好きって言われたら嬉しい。ほっとする。胸があったかくなって、優しい気持ちになって、なんか得も言われぬ高揚感と根拠のない万能感に満たされます」

全部、亜沙の経験談だ。

同時に、彼を失うかもしれないという不安がどこまでもつきまとう。

「好きな女に好きって言って何が悪いんだ」

「悪くありませんよ。だけど、好きってつかめないんです」

「つかむ？」

「そう、こうやって手を伸ばして、ぎゅーって」

自分から腕を伸ばし、凌太朗の体にしがみつく。

今ここにある彼のぬくもりは、今ここにしかない。

「俺は今、けっこう力強くつかまれてる気がするんだが……」

「それは、今だけなんです。才賀さんにはわかりません」

一方的な言い方だと自覚しながら、亜沙はそう言った。鼻の奥がツンとして、少しだけ涙目になる。

メイクを落としたぶんだけ、無防備になったのかもしれない。

フランス行きの内示が出てから数カ月、凌太朗は亜沙に今後のふたりについて何も明示しなかった。

――それが、才賀さんの答え。

言わないということは、その先のことを考えていないのかもしれないし、特に約束すべき何かがないということかもしれないし、いつ帰ってこられるかわからない海外出向だから後ろ髪を引かれる思いを残したくなかったのかもしれない。

なんにせよ、彼は「休暇に遊びに来いよ」のひと言すらくれなかった。

言ってくれなかったから拗ねていると言われれば、もう反論の余地なんてない。そのとおり。亜沙は、寂しかった。

「……亜沙？」

泣きそうになっているのを知られたくなくて、彼の胸元にぎゅうと顔を押し当てる。

「亜沙、顔見せて」

「いやです」

「泣いてるのか？」

「泣いてませんっ」

大好きだから、未来の約束がほしかった。

二十三歳の亜沙は、凌太朗との別れが悲しくて不安で怖くて、彼のいない毎日を何もなかったように送るなんてできなかった。

――だから、もう間違わない。

つきあうのも、好きだと言われるのも、なんの保証もない一瞬の幸福。

どんなに幸せでも、それは永遠に抱きしめておけるものではないのだから。

「好きって気持ちはたしかにつかめないかもしれないけど、ここにいる俺はつかめる」

そう言って、凌太朗が亜沙の手を自分の頬に添える。

指先に、手のひらに、彼の熱を感じた。

おそるおそる顔を上げると、いつもより優しい目が亜沙を捕らえて離さない。

好きは、ずっとつかまえておけないもの。今ここにある、一瞬がすべて。

「……涙目」

「あくびです」

「俺には、なんでこの流れで亜沙が泣きそうになってるのかぜんぜんわからないんだよ」

困ったような顔をして、凌太朗がひたいとひたいを重ねてくる。

「才賀さんのせいです」

「うん、それはなんとなく伝わってきてる。俺の何が悪いのか教えてくれ」

「わたしを好きなんて言うのが悪いです」

正しくは「安易に好きと言う」のが悪い。いや、それもまったく正しくない。何が正しいのかなんて、亜沙にもうわからなくなっている。

「俺に好かれるのが嫌ってことか」

「そうじゃなくて、好きって言わないでください」

「……うん」

「き……っ……」

言ってはいけない。

ギリギリのところで、自分を戒《いまし》める。

「嫌い？」

「違いますっ」

「だって今、『き』って言いかけただろ」

「それは気のせいで」

「聞こえたよ。俺が、嫌いなのか？　いつから？　つきあってたころからずっと？」

凌太朗が亜沙の両肩をベッドに縫いつけ、真上からマウントポジションで見下ろしてきた。

——嫌いなわけないのに。

けれど、それは亜沙にとってはとても言いにくい『き』で始まる言葉だ。

思わず口走りそうになった自分のせいだけれど、目をそらすしかできなくなる。

「別に、嫌いなんて言ってません」

「ああ、そうだよな。嫌いだったらいくら亜沙でも、俺に抱かれる理由がない」

「さ、才賀さん、言い方っ……！」

「じゃあ、嫌いじゃなくなんだよ。言いかけてやめるな。気になるんだよ！」

さっきまでの優しさはどこへ行ったのか。凌太朗が強引にガウンの前を押し広げてくる。

いつも、どこかのらりくらりと亜沙を自分のペースに持ち込む彼が、余裕のない顔をしていた。

胸をあらわにされて、亜沙は左向きに体をよじる。

「そういうところですよっ」

「そういう……？」

「〜〜〜っっ、き、期待させないで、くださいっ……っ！」

ガウンの胸元を両手できつく握りしめ、喉から絞り出すような言葉を吐《は》く。

今まで凌太朗と過ごしたすべての時間の中で、今がいちばん恥ずかしかった。悔しかった。屈辱的だった。

彼にとっては、好きなんてその場の雰囲気《ふんいき》でカジュアルに言える単語かもしれない。

——だけど、わたしは違う。わたしの好きは、きっと才賀さんと意味が違うんだ。

「期待ってなんだよ……」

「……知りません」

好きだと言われて幸せだった日々が、今も亜沙の胸の中に刻まれている。

同じように彼を好きだと言えなかったのは、自分の幼さが原因だった。何より、言葉で告げなくても伝わっていると思っていた。彼が見抜いているだろう自分の気持ちを伝えるのが恥ずかしかっただなんて、凌太朗にはわからない。

「期待しろよ」

「し、しません」

「しろって」

「できるわけないです。だって才賀さん、わたしのこと置いていったじゃないですか！」

本音は、どれほど嘘で塗り固めても小さな亀裂からにじみ出る。

ああ、と亜沙は心の中でため息を漏《も》らす。

ついに言ってしまった。情けなくてみじめで恨みがましい、その言葉を。

「……置いて……？　俺が……？」

いつもなら打てば返すように返事をする凌太朗が、かすかに動揺しているのが伝わってくる。

――そうですよ。あなたが置いていったんですよ。

涙目のまま、下唇を噛んで亜沙は鼻で息をする。

あと少し背中を押されたら、きっと泣いてしまう。

「ちょっと待てよ。俺は、一緒にフランス行こうって言っただろ⁉」

「一緒に海外勤務に行こうとは言われましたね……」

──マーケティング事業部に海外赴任なんてないけど！

「そう。そうだよ。俺は言った」

「いや、だから勤務先ないのにどう行くんですか」

「は？」

「は、じゃなくて！」

凌太朗が信じられないとばかりに目を瞠っていた。

信じられないのはこっちのほうだ、と亜沙は思う。けれどももしかしたら、自分のほうが勘違いをしていたのだろうか。彼の表情はどういう意味で──

「……………なるほど。初めて亜沙がわかった気がする」

「わっ、わからなくていいです！」

「はい、おとなしくしてー。俺は今、けっこうお怒りですよー？」

「？　っちょ、待って、待ってください、才賀さんっ」

逃げかけた体をぐいと引き戻し、凌太朗が亜沙をうつぶせにするとガウンをむしり取った。

「なんでいきなり脱がすんですかぁ……！」

「いいか、よく聞け」

彼は有無を言わせず、亜沙の背中にのしかかってくる。

体重をかけられ、脚の間を膝で弄《まさぐ》られ、高い声が出そうになるのを懸命にこらえた。本日二度目の快楽を予感して、体が早くも甘く疼《うず》きはじめている。

「俺は、仕事じゃなくプライベートで誘ったんだよ」

「ぷ……プライベートで……」

「亜沙にフランスで働けって意味じゃない。ああ、いや、そうだな。俺に愛される係をしてもらいたかったって言えばいいのか？」

「ぜんぜんわかりませんっ」

「だから、」

準備の整わない蜜口に、ひどく昂《たか》ぶった先端が押し当てられた。

「俺の妻として一緒にフランスに行こうって意味だった。これでわかるだろう？」

――妻って、え、それ、まさか……

ず、ずず、と強引に彼の劣情がめり込んでくる。

「ひっ……ぁ、あ、やだ……っ」

「やじゃない。三年半分の俺の孤独を思い知ってもらうからな」

「何、言っ……、あ、ァ、才賀さん、待って、待っ……」

「待たない。俺は亜沙を好きだから、いくらでも期待させることにするよ」

「っっ……!?」

つきあったところで、彼はまたどこか遠い国へ赴任する。それが海外事業部で働く凌太朗の出世コースだ。

だから、好きだと言われて期待するのはもう嫌だ。

亜沙はその気持ちを初めて素直に伝えた。

――なのに、期待させるって……。才賀さん、それはどういう意味なんですか……？

「とりあえずは、体から。こっちは期待してくれてるだろ」

「ううう、言い方が嫌です……」

無理にねじ込まれても彼を受け入れる自分を、亜沙も知ってしまった。

もちろん本日二度目というのも理由だとは思うのだが、凌太朗の先端が突き立ったとき、隘路の奥から蜜がとろりとあふれてきたのだ。

彼を求めて、欲して、濡《ぬ》れる体と心。

うつ伏せになったまま、脚を閉じた亜沙を凌太朗が甘く貫いていく。

「や……、あ、ダメ、こんなの……」

「駄目《だめ》じゃなくて、気持ちいいって言えよ」

「だって、こんな……っ……、あ、あっ……！」

最奥に切っ先がめり込み、我知らず全身を震わせた。

ぞくぞくと淫《みだ》らな快感が亜沙を支配していく。体を密着させた凌太朗が、短いストロークで腰を揺らした。

「んっ……！　ん、あ、あっ、そこやだぁ……っ」

「どうして？」

「そこはダメ……っ……、気持ち、よすぎて……、おかしくなっ……ああ、ぁ！」

ぎゅっと体を抱きすくめられたまま、腰だけの動きで追い立てられていく。

——期待していいの？　好きでいてくれるの？　ずっと、一緒にいてくれるの？

その疑問符は、胸の中に鍵をかけて閉じ込めたままだった。

凌太朗は亜沙を逃がさないとばかりに強く抱きしめ、手のひらで左右の胸の先端をあやしながら、緩急をつけて奥深くを穿《うが》つ。

「っっ……、ぁ、ダメ、もぉ、イッ……ちゃう……っ」

「イケよ。何度でもイカせてやる」

「や……っ……ァ、あ、ああ、ダメぇ……っ」

快楽の果てへと追い立てるのは、深奥の感じやすい部分を重点的に突き上げる彼の律動だ。

打ち震える体を容赦ない抽挿で追い上げる。

こらえきれない悦《よろこ》びに、亜沙がせつなく浅い呼吸をするのを知りながら、彼は休むことなく腰を打ちつけてきた。

「っっ……⁉　さ、才賀さ、ん……？」

「足りないよな？　俺は、まだこんなんじゃ満足できない」

「わたしはもう満足です！　あ、ダメ、もうほんとにダメ、無理ぃっ……」

「亜沙、言っただろ。期待していい。俺に期待しろよ。おまえのことが好きだ」

「ぁ、ああ、や……っ……、イッたの、もうイッたからっ……！」

「じゃあ、もう一度」

抱きしめられた体は、逃げることもかなわずに貪《むさぼ》られる。

果てしない打擲音《ちょうちゃくおん》と狂おしいほどの情熱。

「無理……っ……こんなの、おかしくな……っ……あ、ああ……！」

「言っておくけど、俺はずっとおかしくなるほどおまえのことが好きだったんだからな」

達しても達しても、彼の楔が亜沙をつなぎとめていた。

奥深く穿たれ、ただ彼の欲望を受け止める。

「っっ……み、とめます、から……」

「何を認めるんだ？」

「す、き……です……」

「……亜沙」

「才賀さんにされるの、好き……っ……。こんなの、気持ちよくて、おかしくなるっ……」

「俺は悲しいよ。そして嬉《うれ》しいよ。かわいくてどうしようもない、俺の亜沙」

——って、なんでまだこれ以上激しく……⁉

ベッドの上で息も絶え絶えに亜沙がか弱い嬌声をあげる。

その声が聞こえなくなるまで、凌太朗は終わりなく亜沙を奪い尽くした。

何度目の果てが訪れたかわからなくなったとき、亜沙は絶頂とともに意識を失う。

「……俺はこんなにわかりやすくおまえのことを好きだって言ってるのにな」

目を閉じる亜沙を見下ろし、彼はまだ行為を続けた——

……――……・……――……

クリーニング済みの冬物衣類の中からやっとマフラーを探しだしたときには、もう十二月が始まっていた。

十一月最後の週末を部屋探しに奔走し、ついに凌太朗の満足する物件に出会えたときには達成感でいっぱいになったのを覚えている。

――これでお部屋探しはおしまい！　あとは家具選びのお手伝いをして、才賀さんが無事引っ越したらそこで……

当初の予定では、そこでふたりの関係を終わりにするつもりだった。

そう。亜沙が凌太朗の部屋探しを始めるときには、そんな心づもりがあった。

『俺の妻として一緒にフランスに行こうって意味だった』

――あれはプロポーズ予告なの？　それとも、過去の謎を解明しただけ⁉

金曜日の夜、亜沙は久しぶりにひとりで自宅にいる。

毎週末、勝手にこの部屋へやって来ていた凌太朗だが、今夜は仕事の飲み会があるらしい。

明日の契約前に実家に顔を出すとも言っていたので、もしかしたら飲み会のあとは生まれ育った鎌倉《かまくら》の実家に泊まりにいくのかもしれない。

近所のお気に入りのお弁当やさんで買ってきたからあげと、青ネギと砂肝のガーリック炒めを食べながら、たっぷりたまった録画のグルメ番組を消化している亜沙だが、どうにも気持ちが入らなかった。

ここ一カ月近く、週末ともなれば凌太朗となにかしら出かけていたため、録画用のＨＤＤはもういっぱいだ。実家で買い替えをしたときにもらった古いレコーダーは容量が小さい。

テレビの画面には、グルメリポーターとして有名なタレントが夜景を背にして座っている。

『つまりこの席は、プロポーズの大吉席！　このテーブルを予約するお客様がいっぱいだということなんです』

「ぷろぽーずの……」

箸で砂肝をつまんだまま、亜沙は口に運ぶのも忘れて画面に見入った。

結婚願望があったわけではないし、まして凌太朗と結婚だなんてつきあっていたときだってあまり考えたことはなかった。

彼は、亜沙の苦手な俺様男性だ。

――だけど、才賀さんはわたしを突き放したりしない。あのときだって、フランスで一緒に働こうって意味じゃなく、ぷ……

プロポーズされていたのに、気づいていなかったのは亜沙のほうだったというわけで。

「……いやいやいや、でもそれは三年半前の、ってもう、四年近く前のことで、今プロポーズされてるんじゃないから！」

好きだ、と彼は言った。

期待していい、と亜沙を抱きしめてくれた。

人はどうしても他人に期待をする。好きな人には「ずっと一緒にいたい」と思うものだ。

亜沙の気持ちをずっと押し留めていたのは、凌太朗には期待してはいけないという重石《おもし》である。

どんなに好きだと言っても、彼はいなくなる。

——だけど、もういなくならないってこと？　次にどこかに赴任するときには、わたしを連れていきたいって、そういう意味……？

箸先から、砂肝が皿の上に落ちて転がった。

心臓が痛いくらいに早鐘を打つ。

彼のことを、彼の言葉を、考えるだけで呼吸困難になりそうだ。

「才賀さんのせいだ……」

お医者様でも草津《くさつ》の湯でも治せない病。

やっとの思いで抜け出したはずのその沼に、亜沙はまた片足を突っ込みかけている。

「こんなの、全部才賀さんのせいなんだから責任とってくださいよ」

けれど、そんな夜に限って彼はいない。

録画番組を消化する絶好の機会だというのに、亜沙は結局またしても三十分番組を一本観るのが精いっぱいだった。


……┃……・……┃……

土曜日は、朝から冷たい雨が降っている。

洗濯物を室内干しにし、亜沙は平日よりゆっくりと白湯を飲みながら週末の情報番組を見るともなしに眺《なが》めていた。

——今日は一日、ずっと雨かぁ……

傘マークの並んだ天気予報。全国的に寒い一日になるという。

一応、今日は午後から凌太朗と会う約束をしていた。

午前中に不動産屋で契約を終え、午後に合流して家具を見に行く予定だ。

彼の購入予定については、おおまかな予算が記入されたリストをＳＮＳで受け取っている。

四人用ダイニングテーブルセット、リビングと寝室にサイズの違うテレビ、ダブルベッド、リビング用のテーブルとソファ、それから各部屋に適したカーテン。大物はこのくらいらしい。

——それにしても、これを全部買い揃《そろ》えるってかなりお金がかかりそう。才賀さん、フランスで散財してたら家具買うだけで大変なのでは。

帰国してからも、ことあるごとに高級な肉料理をごちそうしてくれる彼の懐《ふところ》事情が心配だ。

エリート社員だからといって、亜沙の二倍も三倍も給与をもらっているわけではないだろう。

——ん？　でもフランス赴任前に、商社の海外赴任ってかなり手当てが出るみたいなことを言ってたかも。

なんにせよ、人のお金事情や貯金残高を推測するのはあまり品の良いことではない。予算もわかっているのだから、この金額内で選べば凌太朗は困らないということになる。

「ふむふむ、つまりは……」

スマホでリストを確認しながら、亜沙はひとりで名探偵の素振《そぶ》りを真似《まね》てソファで脚を組んだ。

「予算より節約して家具を選べば、才賀さんは少し助かるということではないかね、ワトソンくん」

気持ちはシャーロック・ホームズだが、残念なことに脳内に浮かんでいたのはまた別の探偵だった。ミステリーにはさほど詳しくない。というか、ほぼ知識はゼロだ。

──よし。先回りして、午前中から家具を見てまわりますか！

予定よりだいぶ早めに準備を終えると、室内干し用の折りたたみラックをエアコンの真下に置いて部屋を出る。冬場の洗濯には、外出中のエアコン乾燥が便利だ。

凌太朗の新居なら、バスルームで浴室乾燥機を使うのだろう。

行きの電車の中で、浴室乾燥機用に便利なランドリースタンドをいくつか見繕っておく。

──こういうのが必要なんですよって教えたら、才賀さんびっくりするかなあ。

ほんの二カ月前には、思い出したくない人ランキング第一位だった相手。

その彼に会うのが待ち遠しくなっていることに、亜沙は気づいていなかった。

「へえ、このソファいいな。座り心地も、クッションの高さも好みだ」

──才賀さん、そのソファは予算を七万円もオーバーしてますよ！

「カーテンはオーダーできるだろ？　生地を選んでサイズを伝えれば──」

──お値段が三倍になります！

「テレビは壁掛けにしたい。今から頼むと工事はいつごろになる?」

――ひとり暮らしにそんな大きな液晶は不要です!!

亜沙の心の声を無視して――というか、聞こえてないのだから当然彼が対応することなんてできないのだが、凌太朗は次々に家具や家電を選んでいく。

見ているだけで、総額がどうなるか不安で仕方がない。

これもある種の吊《つ》り橋効果になりうるのではないかと思うほど、亜沙の心拍数は上がっていた。

家具選びの手伝いをするつもりが、彼はほぼ初見で自身の好みに合致するものを見抜く。

それはたいてい売り場の中でも高額な商品ばかりだ。

――いっそ、クレジットカードの限度額に達して動揺する姿でも見てやるー!

そんな亜沙の気持ちとは裏腹に、凌太朗は機嫌よく買い物を終えると、帰りの駅ビル地下に寄って有名デリのローストビーフとチキンレッグ、それに豚の角煮を買ってくれた。サラダとシーフードマリネも。

「引っ越しはいつになったんですか?」

当たり前のように亜沙のマンションへ一緒に帰りながら、彼は「次の週末」と答える。

雨はまだ降っている。

「今週、平日に鍵を受け取りにいってくる。家具が揃ったら見にくるだろ?」

「……引っ越しを手伝わせるとは言わないんですね」

「あのな、俺は別に亜沙をこき使う気はない。ただ、一緒にいたかったから部屋や家具を選ぶのにつきあってもらった」

彼の「好き」の意味がわかってからというもの、以前は俺様の気まぐれに見えていた言動が違って感じられるようになった。

こちらの気の持ちようひとつで、相手の言葉に込められた意味さえまったく反対に思えてくる。

「そ、それはそうかもしれませんけど……」

「なんだ、その返事。亜沙にしては切れ味が悪いな。ああ、ローストビーフが気になってる？」

「違いますよ！　わたしだって、お肉のこと以外も考えるんですっ」

「俺のことなら嬉しいんだけどな」

——そうに決まってるじゃないですか！

マフラーを鼻先まで引っ張り上げ、傘を顔の上にかかるよう深く持ち直して、頬が赤らむのを懸命に隠した。

結婚という選択肢を持っていると聞いたとたん、態度が変わったと思われるのは嫌だ。

だが、つきあう先に一緒にいる未来を想定してくれていると思うと、過去の勘違いも含めて自分のほうが凌太朗を穿った目で見ていたようにも思える。

——勝手に、好きじゃなくなろうと無駄《むだ》な努力をしてた。才賀さんのことを誤解して、置いていかれたって思ってた。

胸がぎゅっとせつなくなる。

言わなくていい。言わないほうがいい。

そう思うのに、どうしても伝えたくなった。

「……ですよ」

「なんて言った？」

「そうですよって言いました。才賀さんのことを考えてたんです」

自宅の手前で、亜沙は足を止める。

背の高い彼を見上げると、なんとなく睨《にら》みつけるような格好になった。

ふたつの傘が、雨雲の下で小さく揺れる。

恥ずかしさと申し訳なさが五対五でせめぎ合う。そこにひとつまみの愛情。

「な……なんだよ、急に素直になられるとこっちが困る！」

両手に買い物袋を提げた彼は、いつもの大人の顔ではなくさっとひと刷毛《はけ》、頬に赤みをさして横を向いた。

首と肩で傘のバランスを保つところは器用にもほどがある。

「才賀さん」

「ん」

「もしかして、照れてます？」

「う、うるさい。そっちがおかしなことを言うせいだ」

「じゃあ、才賀さんのことなんて考えたことありませんって言ったらいいですか？」

「あのなぁ……」

そっぽを向いていた彼が、やれやれとばかりにこちらに視線を戻す。

——才賀さんって、わたしが思っていたよりずっと普通の人なのかもしれない。わたしなんかの言葉に動揺して、照れたり、拗ねたりする。王子様でも俺様でもなく、普通の男の人。

「うちで一緒に、お肉グルメ番組観ますか？」

「——俺にはおまえのことがさっぱりわかんないんだけど、今の脈絡ってどうなってんだ？」

「才賀さんがなかなかお部屋を決めなかったから、わたしの肉動画が失われつつあるんです！　これは大問題です……」

ＨＤＤの容量が限界になって、次週の録画ができなくなる前に一緒に観たいという意味だったのだが、どうもいまいち伝わっていないようだ。

「亜沙の肉動画」

「ちょっ、その言い方やめてください！　卑猥《ひわい》です！」

「誰が先に言ったかよーく考えてみなさい」

亜沙のマンションに帰りつくと、室内は天国かと思うほどに温かい。洗濯物を乾かすためにエアコンをつけて出かけたから、当然のことだ。

「はー、なんだこれ、あったかいな」

「感謝してください。わたしが今週、洗濯をサボったおかげです」

「いばるところじゃないだろ。でもありがとな」

荷物を置いた彼は、コートも脱がずに亜沙を抱き寄せる。

「い、いきなりすぎませんか……?」

「俺のこと考えてるって」

――たしかに、そう言ったけど。

むぎゅ、と抱きしめられたまま、亜沙もおとなしく彼の腕に身を任せた。

新入社員だったころにくらべて、少しは大人になったと思う。

彼とのことを周囲に明かせず、大人で手慣れた感じの凌太朗がいつか自分に飽《あ》きる日が来ると思っていた、不安でいっぱいだったあのころ。

――でも、不安だったのはきっと才賀さんのことが好きだったから。

「才賀さん」

「ん」

「コート、少し濡れてますね。乾かしますから脱いでください」

「まだ、もうちょっと」

首筋に鼻先を押しつけ、彼が耳の下にキスをする。

「ひゃぁっ⁉　ちょ、何、いきなり……っ」

「俺のこと考えてくれてる亜沙にキスしたくなった」

――だからって、そんなところに⁉

「ううう……、才賀さんの性欲モンスター……」

「それは言い過ぎじゃないか?」

「この前のこと、まだ覚えてますからね？」

何度達してもやめてくれない彼に、完全に敗北しきった夜のことだ。

感じすぎて意識を失うという、言葉にできない含羞《がんしゅう》を味わった。しかも、目を覚ますと彼はまだ亜沙の中に入ったままだったのである。

「簡単に忘れられたらこっちも困る」

コートを脱ぐ暇さえすらあたえず、凌太朗は亜沙の唇を甘く塞《ふさ》いだ。

「んっ……」

「このくらいですぐ感じるくせに、俺を性欲モンスターなんてよく言えたな？」

キスだけで、息が上がる。

彼のキスに感じるのは、教えた誰かさんのせいではないのだろうか。

「さ、才賀さんのせいです」

亜沙は唇を尖《とが》らせた。

「へえ？　ぜひその続きを聞きたいね」

「続きって……」

――才賀さんの新人研修が功を奏したとでも？

亜沙を見下ろす凌太朗が、意味ありげに目を細める。

「俺のせいですぐ感じる体になったってことだろ？」

「～～～っっ、そういうところが性欲モンスターなんですよ！」

「あっそう、だったら今夜はしない」

「なんかそれだと、わたしのほうが才賀さんとしたくてしたくてたまらないみたいじゃないですか……」

語弊がある。亜沙は不満を込めて彼を見上げた。

「俺は、いつだって亜沙としたいよ?」

「こういうときだけ、王子スマイルでごまかそうとしないでくださいっ」

「ごまかされてくれていいんだけどな。亜沙は見た目より頑固だ」

見た目は、おっとりしておとなしそうでおしとやか。

だけど、彼は亜沙がまったく見た目どおりではないことを知っていて、それでも好きだと言ってくれる。

「そうですよ。頑固です。それに肉食で生野菜は苦手だし、家事もメイクも手抜きで、お掃除ロボットがほしいなって本気で思ってます。才賀さんは、そんなわたしでいいんですか?」

おっとりどころか、けっこう好戦的な部分があると自覚しているほうだ。

目に見えて血気盛んなタイプだけを負けず嫌いだと思うなかれ。

亜沙は、地道に反撃する。

最終的に立っているほうが勝者だ。そして、敗北を認めるまでは勝負は終わっていないと言い張るタイプである。

「あー、そう言われると迷うな」

「だ、だったら」

「ばーか、嘘に決まってるだろ。何、動揺してるんだよ」

逃げかけたところをぎゅうと抱きしめ直して、凌太朗が耳元でくっくっと笑った。

——ずるい。

けれど、そういうずるさも含めて彼のことを好きなのだからどうしようもない。

「……好きだよ、亜沙」

「知ってますよ」

「社内公認カップルだしな？」

これだって、亜沙が照れるのを知っていてわざと言うのだ。

——でも、才賀さんが言ってたことが今なら少しわかる。

つきあうのは、ほかの異性を牽制する効果がある。社内一のモテ男子を、無料婚活市場という名の職場に放置するのは亜沙だって遠慮したい。

「社内公認カップルだけど、今夜はしないんですよね」

負けじとにっこり笑って彼を見つめる。

亜沙にすれば「公認カップルなんて恥ずかしい言い方しないでください！」と否定しないだけで、大きな変化だ。

それに凌太朗が気づくかどうか——

「ああ。そのかわり、今夜は俺と恋人らしいことをしよう」

「……わ、わたしをどうする気ですかっ」

すでに恋人らしいことなんて、朝から晩までしまくっているというのにこれ以上何をする気だ。

警戒心で曇った眉間に、唇でかすかに触れた凌太朗がささやく。

「普通の恋人がするようなこと。将来どんなふうに過ごそうとか、どんな家に住みたいとか。まあ、亜沙の場合はどんな肉を食べたいかっていうのも含んでいい」

「なるほど、肉談義」

「よし、肉はやめよう。子どもは何人ほしいとか、新婚旅行はどこがいいとか、そういう話だ」

──普通の恋人っていうか、それはもう結婚を意識した恋人たちなのでは……！

亜沙なりに、気持ちは固まっている。

別れていないと言い張る凌太朗を受け入れたいと思う。

──今さら、どのタイミングでそれを言えばいいのかな。肉談義なら簡単なのに。

「才賀さん」

「あー、待て。今夜は聞きたくない」

「え？」

「いつものアレだろ。『わたしは才賀さんの彼女じゃありません！』みたいな」

真逆のことを言おうと決心している亜沙に、彼は困ったように微笑みかけてくる。

──ここで「いいえ、彼女です」って言ったとしても、冗談だと思われそう。

あえて今言うのがいいのか、もっと真剣に言ったほうがいいのか。

考え込んでいると、彼が亜沙の顔を覗き込んでくる。

「俺と未来の話をするか、俺に抱かれるか。どっちがいい？」

「っっ……、そ、そういうのが性欲モンスターなんです！」

「選択肢は前もって絞っておいただけだ。亜沙が俺の部屋探しにしてくれたのと同じだろ」

——どっちもする、という選択肢を残しておいてくれてもいいのに。

亜沙のそんな気持ちに気づかない彼も、また愛しい。

うちの俺様は、ときどきかわいくて、ときたま鈍感、ベッドの中では暴君なのだ。


……◆……・……◆……


勝手知ったる他人の家とはよく言ったもので、いつの間にか亜沙のマンションは凌太朗にとって居心地のいい場所になっている。

キッチンの調理器具は使いやすいように並び替えた。

あまり料理に興味のない亜沙は、おそらく収納場所が変わったことを気にしていない。

バスルームにはシャンプーとトリートメントとボディソープが増え、洗面所にシェービングフォームとひげ剃りが並んで、しれっと歯ブラシを持ち込んでも彼女は気にしないのだ。

——そんな亜沙が、なんだか今夜は少しいつもと違う。

彼女なんかじゃありません、とわかっていても少し心に刺さる言葉を口にしない。

それどころか、凌太朗のことを考えていただなんて言い出した。

気をつけなければ、亜沙は何かしらの攻撃に備えているのではないだろうか。

――俺の部屋ができたら、もうここへは来るなとか？　ああ、言いそうだな、あいつ。

借りたバスルームを出て、勝手に持ち込んでいるパジャマに着替えた凌太朗は、部屋へと戻る。

「お、おかえりなさい」

タブレットで何かを見ていたらしい亜沙が、ぱっと顔を上げた。

先にシャワーを済ませた彼女はベッドに入っている。

メイクを落とし、基礎化粧品で肌を整えた彼女は、つるりとむきたてのゆで卵のような顔をしていた。

「あ、ああ」

なんとなく、亜沙の緊張が伝わってくる。

――できることなら、こちらが先制攻撃をとりたい。そのためには、将来の夢の話で盛り上がって、そこでプロポーズだ。

四年越しのプロポーズに連れ回される指輪も、そろそろ彼女の指におさまりたい頃合いだろう。

「じゃあ、その、寝るか」

「ええ、寝ましょう。健全に！」

ふたり並んでベッドに横たわると、シングルベッドに大人ふたりは少し窮屈《きゅうくつ》だ。

特に、お互いまっすぐ体を伸ばした格好だと顕著に幅が足りない。

——そうか。いつもシングルベッドにふたりで寝るときって、抱き合ってるから省スペースだったんだな。

手を出さないと決めてはいるものの、抱きしめるのも駄目だろうか。

凌太朗は、ちらりと彼女のほうに目をやる。

「……なんか、いつもより狭く感じます。才賀さん、育ちました？」

「この歳になって育つか」

「そこは、気を遣って言葉を選んだんですよ」

「どういう意味だ」

「ほら、横に育ったのかなーって」

——俺に聞く前に自分のことは考えないのかよ。

そう思ったものの、亜沙はほっそりした女性なので、聞くだけ無駄だ。

あれほど肉ばかり食べていて、生野菜と果物しか食べないような見た目をしているのだから、ほんとうに詐欺《さぎ》だ。

「重なってないからだろ」

「か、重なるって、急にいやらしいこと言わないでください！」

「そういう意味じゃない。ほら、こうして」

ぐいと彼女の頭を自分の肩に引き寄せる。いわゆる腕枕のような格好だ。

「部分的に重なる感じだと、狭くないんだよ」

「……そう、ですね」

ほのかに頬を赤らめた彼女が、自分を男として意識してくれているのは伝わってくる。

悪くない反応だ。

亜沙の場合は、何を考えているかわからないところがあるため、ひとつひとつ表情をたしかめて話を進めたほうがいい。

――――！　しまった。指輪を鞄に入れたままだ。

バスルームから戻るときに持ってこようと思っていたはずが、ベッドにいる亜沙のかわいさにうっかり忘れてしまった。

自分の詰めの甘さに気落ちしそうになるけれど、まだこの程度で勝負は終わっていない。

「亜沙、目閉じて」

「ヘンなことしちゃダメですよ？」

「しない。亜沙とふたりで、将来のことを想像したいんだよ。ほら、目閉じて。思い描いてみて。亜沙はどんな家に住みたい？」

素直に腕の中で目を閉じた彼女を見つめて、凌太朗もゆっくりと目を閉じた。

「んん……おうちは、東向きにリビングがあると嬉しいです」

「いいな。午前中が明るくて、気持ちいい」

「洗濯物はベランダに干したいから、高層マンションじゃないほうがいいかも」

「なるほど。一軒家よりマンション派？」

「うーん、草むしりが嫌なんです。だから、お庭がある一軒家よりはマンションがいいけど、雑草の生えるスペースがないなら一軒家も広くてよさそうですね」

まだ何も家具のない、広いリビングを想像する。

亜沙が嬉しそうに両腕を広げて部屋の中心で笑っていた。

「草むしりか。俺は別に嫌じゃないからしてもいいけど」

ふたりで暮らすことを前提に想像するからには、自分にできることはきちんと伝える。

実家には広い庭があるけれど、凌太朗は実のところ庭の有無なんてどうでもよかった。

ただ、将来的に子どもがほしいことを考えると、庭があって悪いこともない。

「そんなの、仕事が忙しいときはきっと才賀さんだってやりたくないですよ」

「まあ、そういうときもあるかもしれないな」

「だったら、雑草が茂ってケンカするのも無駄ですから、庭はないほうがいいです」

彼女が予想外に現実的な意見を口にしたので、凌太朗も素直にうなずいた。

「たしかに。じゃあ、寝室は？」

「寝室って……、なんか急にそっち方面に来ましたね？」

「睡眠は大事だろ」

言いながら、わずかに不安はある。

理想の将来の住まいを語るのと、そこに凌太朗自身がいるかどうかは別の話だ。

亜沙の思い描く家に、ちゃんと自分はいるのだろうか。

「ベッドは大きいほうがいいと思います。シングルベッドはきっと、真夏つらいですよ」

「ああ、いいな。大きいベッドは好きだ」

「寝室に観葉植物を置きたいです。南国っぽいの」

「あれはどうだ、アジアンタム」

「あっ、かわいい。アジアンタムいいですね」

「南国っぽいっていうと、ガジュマルなんかもいいよな」

「才賀さん、ガジュマルは金運アップらしいですよ」

「風水か？」

「たぶん？　なんか、沖縄《おきなわ》料理のお店の特集のときに言ってました」

亜沙はドラマや映画はほとんど見ないのだが、グルメ番組はこよなく愛している。

「そういえば、ＨＤＤの容量ってそんなにすぐ埋まるのか？」

「あー、うちのは古い型なんで」

「だったら、一緒に住むときには最新型のレコーダーを買わないとな」

「えっ、いいんですか⁉」

——アクセサリーやバッグや靴より、レコーダーを喜ぶんだよな。知ってるよ。そういう欲がないというか、実益重視なところも好きだ。

「俺としては、浴室乾燥機は譲れない」

「もう、またそれー」

「便利なんだぞ？」

「じゃあ、今度才賀さんの新居で試させてください」

――今だ。

凌太朗は、心臓が跳ね上がるほど歓喜するのを感じた。

部屋を決めたらこの関係を終わりにするのではなく、亜沙がちゃんとこの先のことを考えてくれている。

「ああ、もちろん。亜沙、新しい部屋のことなんだけど」

「あっ、ペットは？」

「へ？」

「ペット飼いたくないですか？　わたし、犬派です」

「犬……。そうだな、犬はかわいい」

プロポーズのタイミングだと思いきや、話の矛先がすぐに違う方向に向いてしまった。

焦《あせ》らない。言い方をしくじらない。

前回の失敗から学んだ身としては、このくらいでくじけない強い心も大事だ。

「才賀さんはなんか、強そうな犬を飼ってそうですよね……」

「強そう？　ドーベルマンとか？」

「そうそう、ドーベルマン」

「まあ、たしかに魅力的だ。でも、俺昔から憧れてたのはミニチュアダックスフンドなんだよな」

「え、意外ですね」

「なんでだよ」

「小さくてかわいいから？」

「……それは、俺は大きくてかわいくないと言いたいのか、おまえ」

「あはは、自分で言わないでください」

とん、と胸元に彼女の手が当たる。

亜沙のほうから距離を詰めてくれた感じがした。

「それに、才賀さんはわりとかわいいと思いますよ？」

「は？」

「あー、ほら、どんなダックスフンドがいいんですか？　教えてくださいよ」

「できれば茶色い子だな。まろ眉みたいになってる。オスでもメスでもいい。一緒に散歩に行こう」

「犬とお散歩、楽しいですよね」

「亜沙は子どものころ飼ってたんだっけ」

「はい。でもうちにいた子は室内犬じゃないです。けっこう大きい雑種の子でした」

「はは、なんか想像できる」

「え、何をですか？」

「亜沙が、犬と肉の取り合いしてるところ」

「失礼な！　そりゃたしかに、ジャーキーはいい薫りだったからちょっとかじってみましたけど……」

――ほんとうにやってたとは。

「いいよ。肉なら俺のぶんをいつだってやるよ」

「……ほんとに？」

「ああ、ほんとうだ」

「才賀さん、栄養不足になったら困るじゃないですか」

「全部奪うつもりか？」

「え、だってくれるって言うから……」

思った以上に、ちゃんと恋人らしい会話ができる。

目を閉じているのが功を奏したのか。

あるいは、昔よりお互いにおとなになったのかもしれない。

――俺は、ずっと亜沙と一緒にいたいと思ってる。ほかの誰にも、亜沙を奪われたくない。おまえに肉を食べさせるのは一生俺がいい。

「亜沙、俺は……」

「すうー……」

「っっ……？」

――寝てる、だと……？

ほんの一分ほど、会話が途切れたのは事実だ。

けれど、その短い沈黙の間に眠りにつくだなんて健康にもほどがある。

「…………マジで寝てる」

彼女の寝顔を見つめて、凌太朗は笑いともため息ともとれない息を吐いた。

「キスくらいはヘンなことに入らないよな？」

返事のない亜沙の頰にかすかにふれるキスをして、リモコンで天井の照明を消す。

「おやすみ、亜沙」

抱きしめたやわらかな彼女の体は、耳の裏からかすかに甘い香りがする。

いつかの未来でも、こうして同じ香りに包まれて眠る日が訪れるよう、凌太朗は亜沙と暮らす将来を考えながら目を閉じた。


……•……•……•……


――手を出してもらえない。

十二月、無事凌太朗の引っ越しが終わったあと、亜沙はふと気づいた。

将来の夢を語る会らしきものを亜沙のシングルベッドで開催して以来、彼は一切亜沙に手を出してこなくなっている。

以前なら、むしろ手を出してほしくなかったのだが、きちんと気持ちを伝えようと思ってから一度も手を出されないというのも何か戸惑いを覚えた。

――まさか、才賀さんはもう三年半分の欲求不満を解消したってこと？

さんざん性欲モンスター扱いした自分が言うのもなんだが、もしすでに満足したということならそれは比較的聖人の類《たぐい》だろう。

「お疲れさまです。角野《かどの》主任っている？」

「あっ、才賀さん！」

背後から急に聞こえてきた彼の声に、びくっと背中が震える。

おそるおそる振り返ると、そこには社内の王子モードな凌太朗がタブレットを片手に立っていた。

主任に用事があって来たらしい彼は、彼女持ちとなってなお女性社員に囲まれている。

――あー、わたしごときじゃ風よけにもならないという……。

学生のころから気づいてはいたけれど、世の中には女子力の高い女性がたくさんいる。

努力によって磨かれた女性としての魅力は、亜沙のように手抜きメイクで生きている人間にはとても太刀打ちできない。

笑顔で社員たちと話す凌太朗は、完全に聖人寄りだ。あれで性欲モンスターなはずがない。少なくとも、亜沙以外はみんな聖人だと思っているのではないだろうか。

――知ってるわたしから見ても、今の才賀さんは聖人……セイント才賀……。

彼の新居の片付けも手伝った。

ふたりで会っていないわけではない。

凌太朗の手作りのブフ・ブルギニョンもごちそうになったし、真新しい大きなベッドで並んで眠りもした。

――まさか、急に才賀さんがＥＤになったとか！

そう考えてから、ないなと否定する。

泊まった翌朝、朝のルーティン的なお元気状態は拝見しているのだ。別に見ようと思って見たわけではないし、したくて様子をうかがっていたわけでもない。

――わたしって、めんどくさい。

ふう、と息を吐いて、亜沙は自分の仕事に戻った。

今日はまだ分析しなければいけないデータが山のように残っている。

マーケティング事業部では、主にデータ分析を行う。亜沙は大学で統計を専攻していたため、主にデータの有意性を確認する検定と呼ばれる作業を担当していた。

分析結果をわかりやすく視覚化するグラフや表の作成をすることもある。

営業部や戦略経営部では、マーケティング事業部で作成したデータをもとに事業計画を立てる。社の礎《いしずえ》となる大事な業務だ。

――めんどくさい自分を封印して、とりあえず仕事に没頭しよう。

いつになく目に力を込めて表計算ソフトを見つめる亜沙は、背後で凌太朗が彼女を気にしていたことなど知る由もなかった。

その後、亜沙の背後に主任が現れ、凌太朗と何か話して廊下へ消えていく。

胸にとげとげの大きな塊を呑み込んだような、妙な感覚があった。

もう手を出してこない、彼。

会社にいても声をかけてこない、彼。

ほかの女性社員と楽しそうに話す――才賀凌太朗。

仕事中だから彼への想いを封印するつもりが、嫉妬めいた気持ちを今さら感じるだなんてどうかしている。

――才賀さんが老若男女問わない人たらしなことなんて、前から知ってるじゃない。今さら、ほかの誰かと仲良くしてるからって何？　だってわたし、才賀さんの彼女ですらないのに。

引っ越し前に、自分の気持ちを自覚したとき、はっきりさせておくべきだった。

せめて引っ越しの手伝いを終えた際に言っておけばよかった。

――そうしたら、今ごろ堂々と才賀さんの彼女でいられたのにな。

たとえ恋人だったとしても、人前で違った態度をとれる自分ではないことを知っていて、亜沙は小さくため息をつく。

その日の仕事は、いつもより捗《はかど》った。

頭の中に肉のことはひとつも思い浮かばなかった。


定時を少し過ぎ、パソコンの電源を落とす。

「あ、ねえ、三園《みその》さん」

「はい」

同期の女性から声をかけられ、亜沙は帰り支度をしながら振り返った。

「今日、これから飲み会なんだけど三園さんもたまにどう?」

「えーと、飲み会って合コン的な……?」

自慢ではないが、亜沙は合コンが死ぬほど苦手である。

学生時代に数回参加したことがあるけれど、あれほど無駄な時間をほかに知らない。惰眠でも貪っていたほうがよほど有意義だ。

「違う違う、部の若い子たちで食事しようかって」

普段なら、たいてい断って帰宅する。

会社の飲み会でお金を払うより、そのぶん貯めておいて月に一度のご褒美《ほうび》ディナーを贅沢《ぜいたく》に食べたいからだ。

けれど、今日はなんとなく気持ちがうつむきがちで、そんな自分に嫌気が差している。

「……行きます」

「えっ、ほんと?」

「はい。参加させてください」

「やった、みんな喜ぶよ。あ、三園さん参加するってー」

「え、まじで?」

通りがかった男性社員が、驚いたように目を丸くした。

——わたしにだって、才賀さん以外にも一緒に食事しようって思ってくれる人がいるんだから!

まったく凌太朗は関係ないのに、なぜか彼に対抗するような気持ちで亜沙は財布の中身をこっそり確認する。

おひとり様生活は、たいていバーコード決済で事足りる。

そのため、現金を持ち歩く機会がどんどん減っていく。

仕事のときはそれが顕著で、一日に一度も現金を使わないことがほとんどだ。

電車は定期機能のある交通系ＩＣカードを使い、昼食の支払いはスマホのバーコード決済。ほかに何か偶発的に購入する場合もバーコード決済か、使えなかったらクレジットカード。

――よかった。今日は一万円入ってたから問題なさそう。

気乗りしないからこそ、部内の飲み会に参加してみる。

普段と違うことをすれば、何か変わるかもしれない。その何かは、バタフライエフェクトとなっていずれ凌太朗と自分の関係にも影響を及ぼしてくれないだろうか。

遠回りな他力本願で、亜沙は六人の同僚たちと飲みに出かけた。


到着したのは、よくあるチェーンの居酒屋だった。

掘りごたつタイプの半個室で、ビールのジョッキを手に乾杯する。

――こういうの、なんかすごく久しぶりだなあ。

最後に行った飲み会らしきイベントは凌太朗の帰国祝いだったけれど、あのときは立食パーティー形式だったこともあり、ジョッキではなくグラスビールが準備されていた。

「いやー、今日は三園さんが参加してくれるなんてびっくりだよ」

先輩の男性社員からそう声をかけられ、亜沙は「あははー、そうですかー」と意味のない返事をする。

「ほんとほんと。三園さんって、ちょっと謎の人だもんね」

「わかる。謎の美女」

「いや、美女とかないんで……」

ただのズボラ女でしかない自覚があるから、その手の褒《ほ》め言葉には居心地《いごこち》の悪さを感じてしまう。

昔から、ぼうっとしているだけでおとなしい女性だと思われてきた。

ぼんやりしていれば物思いにふけっていると勘違いされ、肉のことを考えていると夢見がちな表情だと褒められる。

「しかも、あの才賀さんとずっとつきあってるんですよね？」

後輩が目を輝かせて尋ねてきた。

その言葉に、残りの五人も耳をそばだてるのがわかる。

――なるほど。それを詳しく聞きたかったから誘ってくれたってこと。

「あー、うーん」

対外的には、亜沙は凌太朗の彼女なのかもしれない。

少なくとも彼が社内でそう言っているのだから、ここで「違います」なんて言える立ち場ではないのだ。

――事実は、ヤることヤってるわりに恋愛の進んでいないメンタル中学生カップルです、とは……

絶対に言えない。

「ねえねえ、どっちから告白したの？」

「告白らしいものはあったような、なかったような……？」

「わたしたちの代の新人研修、オリエンテーションの司会が才賀さんだったんだよね」

「ええ、そうでしたね」

「研修終わってから？」

「あー、まあ、はい」

「じゃあ、研修の間にお互い気になって、ドキドキしながら過ごしてたってこと？　やだー、何それ、甘酸っぱいー！」

あのころの亜沙は、甘酸っぱいどころではなかった気がする。

妙に声をかけてくる先輩社員の凌太朗に対して、警戒心でいっぱいだった。

ふたりのとき、見え隠れする俺様な物言いが気がかりだったのだ。自分は、残念なことにその手の男性から好まれやすい。

「フランスに会いに行った？」

「行ってません」

――別れたと思ってたし……

というか、正しくは今も別れたままだと亜沙は認識している。

別れたふたりが再会して、焼けぼっくいに火がついた。

熾火《おきび》は、消えていなかった。触れれば熱を帯び、ぱっと炎となって燃え上がる。

「じゃあ、三年くらいずーっと完全に遠距離だったの？」

「そうですね……」

これは素直にうなずけた。嘘をつく必要がないからだ。

三年半、連絡のひとつも取っていないとまでは、周囲も思わなかったのだろう。

「すごいなあ。わたしなら、絶対会いたくて我慢できなくなっちゃう」

「才賀さんが休暇のときに帰ってきたとか？」

「お忙しかったんじゃないでしょうか」

「え、まったく会わなかったの？　まあ、遠恋っていってもＳＮＳのビデオ通話とかあるか」

――才賀さんはわたしの新しい電話番号もＳＮＳアカウントも知りませんでしたが。

そう考えると、自分はかなり人でなしだったのかもしれない。

彼が「少し距離を置こう」と言ったのを別れの言葉だと思い込んだ。これは、多少なりとも凌太朗にも責任はある。

だが、その後距離を置くどころか一方的にスマホを解約してＳＮＳアカウントを作り直した。

凌太朗のほうから連絡できない状況にし、物理的に関係性を断った。

――あのとき、もっと話し合って終わりにしていたら、再会してもこんなふうにはならなかった？

好きだと自覚する前なら、そういう終わりを願う気持ちもあったかもしれない。

今の亜沙には、正しい答えがわからない。

そもそも彼は、プロポーズしてくれていたのだ。

それに気づかず、勝手に拗《す》ねた。

ほんとうに離れたくなかったのなら、一緒に行きたいと自分から言うことだってできたはずだ。

「……好きって、難しいれすよねえ……」

飲み会が始まって一時間半。

すでに話題は凌太朗と亜沙のことから離れ、上司の愚痴《ぐち》や営業部の面倒な案件で盛り上がっている。

亜沙だけが、ずっと凌太朗との過去にこだわっていた。

――今だけじゃなくて、才賀さんといるときにもわたしだけがこだわってるのかもしれない……

「えっ、三園さん、目やばくない？」

「待って、ひとりで何本あけた、この人」

――どうせわたしはやばい女ですよ。みんなの話題にもついていけないし、ビールをぐいぐい飲むくらいしかできることなんてないですからね。

「ねえ、才賀さん呼んだほうがいいかな」

「彼女を酔い潰しましたって……？」

亜沙がらしくもなく酔っ払っているのを見て、気のいい同僚たちは凌太朗に連絡を入れてくれた。

そのころには、すでに亜沙は壁に寄りかかって半分寝かけていた。

十五分後。

「――っっ……、悪い。彼女が迷惑をかけて……」

十二月だというのに、汗だくで登場した才賀凌太朗を前に亜沙以外の参加者は目を瞠る。

彼は走ってきたのだろう。

ひたいには玉の汗が浮かび、襟足がしっとりと湿っている。

「亜沙、おい、亜沙」

「んん……」

完全に酩酊モードの亜沙は、凌太朗の声にやっと目を開けた。

「あれぇ、才賀さん、どうしてここにいるんれすか?」

「おまえが酔っ払ったから呼びつけられたんだよ」

苦笑する彼が、内ポケットから財布を取り出し、一万円札を三枚テーブルに置いた。

「連絡くれて助かったよ。ありがとう。これ、よかったら」

「えっ、ダメです。こんなに」

さすがに金額の多さを見て、ほかの社員が遠慮の声をあげる。

「いいんだ。俺からの感謝の気持ち。これに凝りず、三園のことをよろしく頼みます」

そう言って、凌太朗は亜沙を立たせると靴を履かせて背負う。

ふたりが店を出ていく姿を見て――

「才賀さん、かっこよすぎか!」

「何あれ、何あれ――――!　三園さんうらやましすぎるっ」

「ふたりのときは、名前で呼んでるじゃん！」

「誰よー、つきあってるってデマだって言ったやつ！」

残された亜沙の同僚たちが、どれほど盛り上がったかは言うまでもない。


……──……・……──……


ふわふわと、宙に浮いているような気がしていた。

温かくて優しくて、決して自分を傷つけない世界。その中心に亜沙は浮かんでいる。

いい香りがして、安全で、なんだかとても幸せな気持ちだった。

「……才賀さん？」

「おう、起きたか、酔っぱらい」

「ふふ、夢だー」

目を覚ますと、見慣れた天井が見える。

きっとこれは、夢に違いない。

「才賀さんったら、夢の中でも俺様ですねえ……」

「俺のどこが」

──うー、暑い。

亜沙は自宅のベッドに寝転んだまま、長い髪を首から払う。

それだけではすっきりせず、ブラウスのボタンを上からはずしはじめた。

「ま、待て、それは完全に誘ってるぞ。据え膳ごっこはやめなさい」

「何言ってるんですかー。ヘンな才賀さん」

「いや、ヘンって……。亜沙、夢じゃないからな?」

「ヘンですよぉ。だって最近、ぜーんぜんしないじゃないですか」

「は?」

夢なら言える。

亜沙は両手を伸ばして、彼のネクタイをほどいた。

「あんなにしたがってたかと思えば、今度はまったくしない。これだから才賀さんはダメなんですよ」

「えー、それはつまり、俺がしないのが悪いのか……?」

「そんなこと言ってません!」

腕を伸ばし、彼のワイシャツのボタンに手をかける。

視線の先、ごくりと凌太朗の喉仏が上下した。

「わたしがいろいろ悩んでる間はさんざんしたくせに」

「……ああ」

「してもいいかなって思うとしない」

「しても、いいのか?」

「そんなこと言ってませんってば！」

「どっちだよ！」

素肌にふれると、少しだけ胸が切なくなる。

もっと近づきたくて、もっと彼の温度を知りたくて、もっとそばに来てほしいと願ってしまう。

「……したいって、思ってほしいんですよ？」

彼の首に両腕を巻きつけ、自分から抱きしめた。

ワイシャツを中途半端に脱がされた凌太朗の体は、しっとりと温かい。

——ああ、この温度。わたしがほしかったのは、きっとこれだ。

「いつだって、したいに決まってる」

耳元で彼の声が甘く蕩《とろ》けるのを感じた。

「なあ、亜沙。おまえは俺を好きだ。好きじゃなかったら、そんなこと思わないよな」

——そうですよ。昔つきあってたときだって、ちゃんと大好きでしたよ。言わなかっただけです。

言ったら、彼は自分に飽きてしまうのではないかと不安だった。

初めての恋人だから恥ずかしくて言えなかったというのもあるけれど、凌太朗なら自分を選ばずともいくらでも女性が寄ってくる。

彼が亜沙のことを珍獣のようにかわいがっていることに、気づいていなかったわけではない。

だから、好きだと言ってしまったら何かが変わってしまうと思っていた。

彼の気持ちが離れてしまうようで怖かった。

「俺がこんなに好きなんだから、おまえだって少しくらい好きになってくれてもいいだろ」

「あはー、夢の中だと才賀さんかわいいですねえ。いい子いい子……」

頭をなでている間に、だんだん意識が薄れていく。

——あー、今夜はよく眠れそう……。っていうか、これは夢だから夢の中で寝ようとしてるってヘンだなあ……

くたり、と亜沙の体が凌太朗にもたれかかる。

「……亜沙？」

「んん……」

完全に眠ってしまった亜沙を前に、彼はやりきれない劣情を抱えて途方に暮れていた。

もちろん亜沙は、そんなこと知らない。

「………おまえ、次回絶対泣くまで抱くからな。覚悟してろよ！」

乱暴なことを言いつつも、凌太朗は優しく亜沙をベッドに横たえてくれた。

——じゃあ、次に会うときこそ言いますね。わたし、才賀さんのこと好きって、言いますから……


……‖……・……‖……


翌週の火曜日。

午前中の営業部との打ち合わせが長引き、亜沙が昼休憩に入ったのは十三時半を過ぎてからだった。

「え、嘘」

「ほんとなんだって。常務の娘さんらしいよ」

エレベーターを待っていると、どこからともなくそんな噂話が聞こえてくる。

特に社内の噂に興味のない亜沙は、この時間でもまだランチ営業をしているお店のことを考えていた。

——爛々亭《らんらんてぃん》なら、火曜日は唐揚げ定食のはず。あそこの唐揚げ、タルタルソースが絶品なんだ。

柴漬けを刻んで混ぜているというタルタルソースは、うっすらピンク色で見た目もかわいらしく女性人気が高い。

そのせいでランチタイムはかなり混雑するので、時間がズレたときに食べに行くのが亜沙の定番になっていた。

エレベーターで一階に下りると、唐揚げで頭がいっぱいのままエントランスを歩いていく。

「あの、すみません」

——唐揚げ唐揚げ、じゅわっと唐揚げー。

「あの！」

「ふぁっ、はいっ⁉」

自分に向けられた声だと気づき、亜沙は我に返った。

「ごめんなさい。すれ違ったときに引っかかってしまったみたいで」

見ると、亜沙のバッグの金具部分にほつれた毛糸のようなものが絡みついている。

その毛糸は、声をかけてきた女性のマフラーにつながっていた。

「あ、こちらこそ申し訳ありません。大丈夫ですか？」

「ええ。切ってしまうので待ってくださいね」

——き、切っていいのかな、これ。

相手の女性は、亜沙より少し年上に見える。

黒髪をきれいなショートカットにしていて、落ち着いた印象の清楚な人だ。

シンプルで品のあるコートと、有名ブランドのバッグ。その中で、マフラーだけが少し子どもっぽい手編みだったから、その特別感が増して感じる。

「切らなくても、この金具はずれるので——」

携帯用の小さなハサミを取り出した相手に、亜沙はにっこり微笑みかけてバッグの金具をはずした。

「あ、ほんとう。ありがとうございます」

「いえいえ、こちらこそ気づかずにすみません」

会釈をして去っていく彼女のうしろ姿を見つめて、感じのいい女性だと思う。

——ショートカットかわいいなあ。大人のショートカットって、上品な印象。

中学生のころにショートにしたことがあるのだが、髪の寝癖を直せずに毎日苦労した覚えがある。

それ以来、伸ばしたほうが結んでごまかせるからという理由でボブからセミロングの長さを維持しつづけているのだ。

「ねえ、見た？」

「さっきの人、常務の娘さんだよね」

なんだか今日はあちこちで常務の話が聞こえてくる。

――常務ってどんな人だっけ？

顔すら思い出せないまま、亜沙は爛々亭へ向かった。


その日の業務を終えるころには、常務の話題もすっかり忘れていた。

「お疲れさまでした。お先に失礼します」

席を立って廊下へ出た瞬間、男性の胸元にぶつかりそうになる。

「わっ」

「あ、すみません！」

顔を上げると、そこに立っていたのは凌太朗だった。

「ああ、才賀さんでしたか」

「……おい、なんで今、謝って損したみたいな顔してるんだ、おまえは」

「損したとまでは思ってないです」

コートを着て、マフラーと鞄《かばん》を手にした彼は、見るからに帰り際だ。

――まさかと思うけど、わたしを迎えに来たの？

「何度もトーク送ったのに、見てないだろ」

「仕事中だったんですよ」

「俺、今日ちょっと外食だから、部屋で待っててほしいんだけど」

なぜか、彼のマンションの鍵を差し出される。

「あのー、今日って火曜日ですよね？」

「そうだな」

「わたし、明日も仕事なんで自分の家に帰ります」

「いいから、うちで待ってて」

強引に鍵を手に握らされ、亜沙は眉根を寄せる。

「話したいこと、あるから」

言いたいことを言うと、彼はさっと背を向けて歩き出す。

——なんだそれ！　横暴じゃないか、才賀さん！

彼の向かう先はエレベーターで、亜沙だってもちろん帰るためには同じ方向に行かなければいけないのだが、なんとなく追いかけるようで気が乗らない。

その場に立ち止まっていると、オフィスから出てきた女性たちが亜沙に気づかず大きな声で話しているのが聞こえてきた。

「そうそう！　結局、才賀さんお見合いするんでしょ？」

「まあ、相手が常務のお嬢さんだもん。三園さんかわいそうだよねー……って、あ、あれ、三園さん、なんでこんなところに……?」

相手がひどく困惑した表情でこちらを見る。

「えーと、よかったらそのお話、詳しく聞かせていただけますか?」

「っっ……」

「わ、わたしたち急ぐから」

「待ってください! ぜひ聞きたいんです!」

普段は自分から同僚に仕事以外で話しかけることの少ない亜沙が、強く食い下がった。

そして、今日一日社内でまことしやかに広まっていった噂によると——


「おかえりなさい、才賀さん」

玄関先で、亜沙はにっこりと微笑《ほほえ》む。

「あ、ああ、ただいま……?」

鍵をあずかったからには、こうなることは予想できただろうに。

凌太朗は得も言われぬ当惑顔でこちらを見下ろした。

——そりゃ当惑もしますよね。あんなに好きって言ってたくせに、わたしを捨てて常務のお嬢さんと結婚しようとしてるんですから。

同僚たちから聞いた話によると、彼は今夜、常務とその娘と食事をしてきたはずである。

「それでは、わたしはこれで失礼します」

「は？　ちょっと待てよ、亜沙」

「話したいことなんて、わたしにはないんですよ！」

嘘をついた自覚はあった。

話したいことも聞きたいことも山ほどある。

けれど、もうみじめな思いをしたくないのだ。

——フランス赴任のときは、誰もわたしが才賀さんとつきあってることも知らなかった。だから、ひとりで勝手に立ち直ればよかった。だけど、今回は違う。つきあってるって勝手に公表しておいて、ほかの人と結婚するなんてあんまりだ。

そう言いたい気持ちを押しとどめるのは、彼に一度も本心を伝えなかった自分には何を言う権利もないという事実だった。

好きだと言うことで、この事態は回避できたのかもしれない。

同時に、亜沙がどんなに凌太朗を好きだと言っていても、常務の娘との縁談からは逃げられなかった可能性もある。

だから、言いたくない。何も言わず、何も聞かず、すべてがなかったことになればいい。

「亜沙」

腕をつかまれ、逃げることも許されない。

「もしかして、会社で何か聞いたのか？」

「き……聞いてません」

「嘘だろ」

あのショートカットの女性が、常務の娘だ。

美人で品があって、軽やかで感じの良い人だと、ほんの少し話しただけでわかる。

——わたしとは、ぜんぜん違う。大人のステキな女性だった。

「聞いてません。常務のお嬢さんとお見合いするなんて、ぜんぜん知りません」

「全部知ってるよな、それ」

はあ、と彼が大きくため息をつく。

「だったらなんですか！　わたしが知ってたら困るんですか？　もしかして才賀さん、常務のお嬢さんと結婚してわたしを愛人にとか考えちゃってるんですか⁉」

「あほ。そんなこと考えるわけないだろ」

——じゃあ、わたしの居場所なんてもうここにないですよね。

亜沙は、奥歯をきつく噛みしめる。

やっぱり再会しなければよかった。

若気の至りで終わっていたら、こんな気持ちにならずに済んだ。

「才賀さん」

「ん」

つま先立ちをして、彼の唇に自分の唇を重ねる。

すぐに凌太朗の舌が応じてきた。

言葉のない長い長いキスのあと、亜沙は一歩下がってドアを開けた。

「――おいしいお肉、たくさんごちそうさまでした。わたしは平和なおひとり様生活に戻ります」

「なんだよ、それ」

「そういうことにしておいたほうが、才賀さんもいいと思います」

「俺をほかの女にくれてやるって言いたいのか？」

どこか寂しそうに、痛みをこらえるように唇を歪ませた彼を見つめていると、胸がぎゅうっと締めつけられた。

「えーと、人間は誰かのものじゃなくて自分のものです」

彼を失う自分のために準備した言い訳の言葉を口にする。

凌太朗は亜沙のものではない。

「たしかに、亜沙を俺だけのものにするのは難しいな。どこまで行っても、俺を好きだとは言ってくれない」

大きな手が、こちらに伸ばされる。

抱き寄せられたら、拒めない。

けれど彼は亜沙の頭を泣きたくなるくらい、優しく撫《な》でた。

「っっ……」

「好きだよ、亜沙」

「そ、そういうのは、結婚する相手に言えばいいんじゃないでしょうか」

「……ああ、そうだな」

ゆっくりと彼の手が離れていく。

もう言葉は必要なかった。

亜沙は、頭を下げると彼の部屋をあとにする。

玄関のシューズボックスの上に、あずかった鍵を残して――

第四章　才賀さんしか勝たん！

「っっ……、何してんだよ、俺は！」

凌太朗《りょうたろう》は右手を振り上げ、思い切りリングケースをソファに叩きつけた。

四年間、大切にしてきたものだ。ほんとうに投げ捨てたいわけではない。

自分への怒りと、彼女をあのまま帰してしまった不甲斐《ふがい》なさをぶつけてしまっただけだ。

すぐにハッとしてその行方に目を馳《は》せる。

すると、ソファの座面で弾《はず》んだリングケースが、ラグに転がり落ちた。

「あっ！」

落ちた拍子で箱が開き、中にしまわれていた指輪がフローリングへと転がっていく。せめてラグの上にとどまってくれればよかったのに。

「ちょ、待て、おい」

無機物に話しかけたところで理解してもらえるわけもなし。

あわれ、指輪はコロコロと転がってラックの下へと吸い込まれていく。

――嘘《うそ》だろ、なあ……。

隙間、およそ二センチ。

亜沙《あさ》の華奢《きゃしゃ》な指に合わせたサイズの指輪には、二センチもあればじゅうぶんだった。

「……………これを、全部動かすのか？」

運悪く、そのラックにはガラス製品をメインに飾っている。

ラックそのものはさして重いものではないが、置いているものをすべて移動させないと持ち上げるのは危険だ。

二十二時をまわった新居で、凌太朗は思わずその場にしゃがみ込む。

うまくいかないときは、何をやってもうまくいかない。

――今日が、まさにそのいい例だったな。

常務の次女との縁談は、かなり前から何度も持ち上がっては消えていた。

それこそ、海外赴任以前にも声をかけられたものだ。

まだ若かった凌太朗は、適度に話を合わせつつのらりくらりと縁談から逃げ、そうしているうちに亜沙と出会った。

なぜ一社員でしかない自分に常務がそんな話を持ち込むかといえば、ひとえに凌太朗の父を知っているからである。

常務と父は大学の同期で、友人関係にあった。

双方の次男と次女が同い年ということもあり、父親同士はふたりに縁があることを願っていたようだが、凌太朗がフランスにいる間に相手は未婚の母となったという。

帰国後、その話をちらりと耳にしていたからもうこの縁談はないだろうと思っていた。

父にはつきあっている女性がいることも言ってあった。

それが、父からの呼び出しで食事を避《さ》けられない状態になり、レストランでは案の定カジュアルな見合いらしき状況が整っていた。

頭のどこかで、そういう流れも想定して出向いた席だ。

それでも今日は、父に結婚したい女性がいるとはっきり言うつもりでいたのだが――

「くそ、まじで、なんだよこれ！」

アンティークランプ、すりガラスの地球儀、観葉植物、陶器の花瓶。

ラックに並んだものをひとつずつダイニングテーブルに移動し終えるころには、うっすらとひたいに汗をかいていた。

やっとのことで見つけた指輪を手のひらに、凌太朗は安堵の息を吐《は》く。

――やりきれねえよな。

今夜の食事会で、凌太朗は初めて常務の次女と顔を合わせた。

過去に何度か釣書を見せられたことはあったけれど、実際に会ったのは初めてだった。

ショートカットの凛《りん》とした女性。

彼女は席につくなり、にっこりと微笑《ほほえ》んで、

『申し訳ありませんが、結婚する意志はありません。わたしはこれで失礼します』

と去っていった。

凌太朗にとっては良い結果だったのだが、常務はがっくりと肩を落としてしまった。

父と一緒に常務を励まし、結婚だけが幸せのゴールではないことを語ってきたけれど、そんな自分は亜沙にプロポーズする気まんまんなわけである。

『今日こそはと思って、凌太朗くんが逃げられないよう社内にもひそかに噂《うわさ》を流しておいたというのに……』

慌てたのは常務のその言葉だ。

社内につきあっている――少なくとも凌太朗はそう思っている相手がいるのに、見合いをするという噂を流されてはたまったものではない。

父の友人というだけあって、常務もなかなかの暴君らしい。娘が縁談を嫌がるのも当然だ。

わがままな壮年ふたりに囲まれ、這々《ほうほう》の体《てい》で自宅マンションに帰り着いたら、今度は亜沙のあの態度である。

「おいしいお肉ごちそうさまでした、って――」

指輪に向かって話しかける自分も、いい加減疲れている。

「俺は飼育員かよ。セックスもできる肉係か?」

自分で言っていて虚《むな》しさがこみ上げた。

本気で思っているわけではない。

彼女には、それ以上の感情があると信じている。

けれど、部分的に切り取ってしまうとふたりの関係がわからなくなるときもあるのだ。

——亜沙の気持ちがどうであれ、俺が彼女を好きなことにかわりはない。なんなら飼育員だと思われてたっていいんだ。俺はもう二度と、亜沙と離れたくないと思っている。

海外赴任は、凌太朗の憧れだった。

フランス語も英語も困らない程度に話せるし、家事も趣味の範囲だ。

どこにいてもすぐ馴染《なじ》めるのは自分の特技だと思っている。実際、フランスでも友人家族と食事をしたことは何度もあった。

Wi-Fiの普及により、よほどの僻地《へきち》へ行かないかぎりは世界から切り離される不安もない。

日本では経験できないことを吸収する。新しさと古さをどちらも楽しみ、充実した三年半——それなのに、彼の心の中にはずっと消えない存在がいた。

はっきりとしたエンドマークのないまま別れたせいかもしれない。

彼女が少し人と違う個性の持ち主なせいかもしれない。

長らく特定の恋人を作らなかったせいかもしれない。

積み重なる『かもしれない』に溺《おぼ》れながら、凌太朗はずっと亜沙のことを考えていた。

触れたいと思うのは彼女だけだった。

抱きたいと思うのも彼女だけだった。

帰国してわかったのは、相変わらず凌太朗が結婚したいと思う相手は、やはり三園《みその》亜沙だけだったのである。

——まったくやりきれない話だ。相手は俺を一度も好きだと言ったことのない女だっていうんだからな。

やりきれないなら、やり通せばいい。

唯一の弱点は、克服すれば強みになる。

いろいろと理屈と屁理屈をこねくり回した結果、結局彼女を好きだと思い知った。

「なのに、この俺が指輪のひとつもわたせないってどういうことだよ」

亜沙のことを考えて浮かべる自嘲《じちょう》の笑みすら、妙に懐かしく感じる。

彼女は、凌太朗に主導権をわたさない。

思ったとおりにことが運んだことなどなく、亜沙が何を考えているのかわからないことばかりだ。

それでも彼女が好きな自分に気づくたび、諦観と自嘲とどうしようもないほどの愛情が胸に渦を巻く。

亜沙を思うとき、いつだって凌太朗は同じ気持ちになる。

どうしようもないほど、愛しい。こんな気持ちにさせる女は彼女以外いない。

――わかってる。もう、いざとなったら結婚してから一生かけて俺を好きにさせればいいんだ。

肉を与える準備と資金は調達済みだからな。

リングケースに指輪を戻すと、ラックに置いた。

「覚悟しろよ、亜沙」

とは言うものの、このあとダイニングテーブルに運んだ花瓶や地球儀をラックに戻す覚悟をしなければいけないのは凌太朗のほうだった――

……―……・……―……


エアコンの効いた室内にいると、朝夕は窓ガラスに結露がたまる時期になった。

それを見ると、亜沙は「冬だなあ」と実感するのだ。

十二月も二週目ともなれば、白湯が冷めるのが早くなってくる。

土曜日の朝、平日よりも少しゆっくりと起きて、亜沙は窓ガラスの結露をじっと眺《なが》めている。昨晩、カーテンを閉めるのを忘れて寝てしまった。

――才賀《さいが》さんがいたら、寝る前に絶対カーテンを閉めてくれる。

まるで実家の母を思い出すように、彼を懐かしく感じる。こんな亜沙の気持ちを知れば、凌太朗は不満に思うだろう。

だが、そばにいなければ知られることもない。

彼がフランスにいた間、会えないことを寂しいと思うことはなかった。

物理的に距離が離れているから、会えるわけがないと認識できていたからだ。

――日本にいたって、ただの元彼ってだけなら会社で偶然すれ違うくらい。同じ都内にいても、会えないのは普通のこと。

ベッドから起き上がると、ポンチョのような着る毛布に袖を通す。

リモコンでテレビをつける。

もこもこのソックスを履いて、いつもどおりキッチンで電気ケトルに水を入れる。

「わあー、お湯を注ぐだけでお母さんの味がする」

土曜の朝も、見慣れたテレビコマーシャルが流れてきた。

「家族の朝は味噌の朝～」

——そういえば、才賀さんは一度もわたしの名前をからかったことなかったなあ。

大人になって出会った人でも『味噌の朝』と同じ音だと気づくと、たいてい一度はそのことを言ってくるものだ。

凌太朗には、それがなかった。

ああ見えて気遣いのできる男だから言わなかったのか。

単に気づいていなかったという可能性もゼロではない。

「どっちだっていいんだけどねー」

歌うように節《ふし》をつけて、朝はお湯が沸くのを待つ。

火曜日に彼の縁談を聞いて、最初の週末だ。

今日は誰に邪魔《じゃま》されることなく、たっぷりと一日中グルメ番組を見ようと決めていた。

昼食も夕食も、手抜き贅沢《ぜいたく》でデリバリーを使おう。

失恋したら、そのくらい許されるはずだ。

「……そっか。わたし、失恋したんだ」

今さらながら、自分の思考に自分が傷つく。

好きだと告げることもせず、勝手に失恋しておいてショックを受けるだなんて、中学生だってもう少しましな恋をしているだろうに。

電子音が鳴って、お湯が沸いたことを知らせる。

亜沙はぼんやりと電気ケトルを眺めていた。

白湯を飲むのは、ゆうに十分もあとになる。


『──ということで、今日はクリスマスのディナー特集です。愛する人とステキな夜を過ごすのにぴったりのレストランを三軒取材してきました』

『もうクリスマスなんですね。一年が過ぎるの早すぎます』

『ちなみに橋本《はしもと》さん、今年のクリスマスのご予定は？』

『聞かないでくださいよ〜』

録画したグルメ番組が、延々と流れていく。

ローストチキン、サーロインステーキ、フォアグラのテリーヌ、黒毛和牛ロースのグリエ、フィレ肉とフォアグラのパイ包み、百時間煮込んだビーフシチュー。

いつもならよだれがこぼれそうになるのをこらえながら観る料理の数々を前にしても、亜沙の心は凪《な》いでいた。

ランチに注文したデリバリーのハンバーグは、半分も食べないままテーブルに放置している。

『さて、次はフランスはブルゴーニュ地方に伝わるお料理です。ブルゴーニュ地方といえば、皆さん赤ワインを思い出すのではないでしょうか？　そう、このお料理はたっぷりと赤ワインを使います』

目が、心が、突然画面に釘付けになった。

『ブフ・ブルギニョン。ブフというのは牛肉のことで、ブルギニョンというのはブルゴーニュ地方のという意味です。牛肉を赤ワインでじっくり煮込むこのお料理、ビーフシチューのもととなったメニューと言われています』

——ブフ・ブルギニョン……！

凌太朗の作ってくれた料理を思い出し、亜沙はじっとテレビに見入る。

レストランの厨房の様子が映り、野菜と肉を赤ワインに漬け込んで一晩寝かせるという説明が続いた。

——そっかあ。才賀さんも、すぐ作れるものじゃないって言ってたっけ。

彼はレストランへ連れていってくれて、デリでおかずを買ってきてくれて、さらに料理までしてくれた。

ふたりで食べたものを思い出すと、そこにいつも凌太朗の「野菜も食べなさい」とか「肉は逃げないからゆっくり食え」という声が聞こえてくるようだ。

「ブフ・ブルギニョン、おいしかったなあ……」

テーブルに、ぽつりと水滴が落ちる。

——やばい、よだれが！

反射的にそう思って口元を手で覆《おお》った亜沙だったが、さらにぽたり、ぽたりと雨だれのようにテーブルに何かが降ってくる。

「え……」

頬を伝っていたのは涙だった。

失恋したら泣くくらい当たり前のことなのかもしれない。

けれど、彼の作ってくれた料理を思い出して泣くだなんて、なんだか自分がひどく無神経な人間に思えてくる。

——才賀さんは、いろんなことをしてくれた。たくさん優しくしてくれた。ときどき俺様だけど、基本的に優しい。いや、逆かも？　基本的に俺様で、ときどき優しい？

どっちでもいい。どっちだとしても、彼を好きなことに違いはなかった。

ティッシュペーパーを取り出し、思い切り鼻をかむ。

ひとりぼっちの部屋が、今日はやけに寂しい。

鼻をかんでも、ハンバーグを食べ残しても、テレビの音さえも、牢獄の中にいるようだ。

「——……亜沙？」

「えっ」

玄関から、彼の声が聞こえてきた。

意味がわからず、亜沙はターバン姿のまま立ち上がる。

「なっ、なんでいるんですか」

うしろ手に玄関の鍵をしめて、凌太朗が立っているではないか。

「なんでって、鍵もあるしな」

「勝手に入ってくる意味がわかりませんっ」

「いや、さっきからインターホン押してたんだけど、鳴ってないみたいだったから……」

――だったら電話するとか、SNSで連絡するとか、いろいろあるじゃないですか！

そう思ってから、自分が彼の連絡先を着信拒否してブロックしていることを思い出した。

「ていうか、なんで泣いてるんだよ」

らしくもなく、靴を乱雑に脱いだ凌太朗がずかずかと部屋に上がってくる。

「わたしが自分の部屋で泣こうと肉動画観ようと自由です。才賀さんのほうが非常識です」

「腹減ったのか？」

「ち、ちがいますっ」

――お腹が減ったから泣いてるだなんて、わたしは三歳児ですか！

とはいえ、突然現れた凌太朗にびっくりして涙が止まっているから、亜沙の涙はしゃっくりのようなものかもしれない。生理的な何か。

「じゃあ、腹が痛いのか？」

「バカにしないでください！」

「グルメ番組見て泣くほど感動するのか……？」

「肉は関係ないんです！」

涙の原因が、まったく見当違いの心配をしてくるという状況である。

ある意味、いやがらせに近い。

「そんなことより、なんで来たんですか……」

「なんでって、放っておいたらどうせおまえ、肉ばかり食べるだろう」

テーブルの上の冷めたハンバーグを見て、凌太朗がため息をついた。

まさに予想通りとでも思われたのかもしれない。

「着替えて何か食べに行くか。亜沙、何が食べたい？」

「食べたくないし、行きたくないです」

「どうした？　頭でも打ったんじゃないだろうな」

「才賀さんこそ、神経ぶっちぎれてるんじゃないですか⁉」

過去、これほど無神経だったことが凌太朗にあっただろうか。

まだ赤い目で彼を睨《にら》みつけると、困ったように肩を落とす。その仕草《しぐさ》がチャーミングだなんて、口が裂けても言いたくない。

——わたし、言いたくないことばっかりだ。

不意に自分の頑《かたくな》なさに頭が痛くなる。

好きだと言いたくない。

一緒にフランスに行きたいと言いたくない。

結果、得たものはなんだったのか。おひとり様ライフと肉。求めていたのは、いったいなんだろう。

「あのですね、才賀さん」

こほんと咳払いをし、亜沙は彼をまっすぐに見つめる。

「わたしだって、いつでも肉さえあればいいってわけじゃないんです。ほかに求めるものだってあるわけです」

「そうか。だったら肉じゃなければ何がほしいのか教えてくれ」

「わかりません！」

胸を張って言うことではないのだが、亜沙は堂々と言い放った。

さすがの凌太朗も、そこで眉根を寄せる。

「……そこは、俺って言えよ」

「なんですか、また俺様ですか。壁ドンでもしてみますか？」

「そんなんじゃない。俺がおまえを好きだから、おまえに好かれたいってだけだ」

かすかに口元を歪《ゆが》ませ、彼が亜沙を抱き寄せた。

「なっ……、お、お見合いしたくせにっ」

「相手から断られたけどな？」

――は……⁉

初耳の情報に、思わず目を瞠《みは》る。

「結婚する気はないと、きっぱり言われた」

「それでわたしのところに来たんですか？」

「あほー」

凌太朗が亜沙の頬をむにっと引っ張った。

「なにふふんえふか」

「何って、そうだな。まずはキス」

頬を引っ張られたままで唇を塞《ふさ》がれ、まったく事態が把握できなくなる。

ただ、こんなときだというのに凌太朗の唇は優しくて、温かくて、胸がぎゅっとせつなくなった。

――まずはキスってことは、その続きがあるの？　これは前菜ってこと？

だが、その先をおいしくいただくためには言わなければいけない言葉があるのを亜沙は知っている。

いつだって、ほんとうは心の中心にあった気持ち。

肉への想いに負けないくらい、亜沙を作り上げる重要な核になる部分。

「才賀さん」

「ん」

「ブフ・ブルギニョンより、才賀さんが好きです」

「…………………はぁ!?」

たっぷり十秒ほどの沈黙のあと、彼が信じられないと言いたげな声をあげた。

「あ、わかりにくかったですかね。えっと、じゃあ、サーロインステーキより好きです」

「待て」

「肉汁じゅるじゅるのハンバーグより好きです」

「だから待てって」

「もう、ほかになんて言ったら伝わるんですかぁ……」

「……伝わってる」

ぐいと体が抱き上げられて、亜沙は反射的に凌太朗の首にしがみつく。

けれど、浮遊感は一瞬だった。

すぐに体がベッドに下ろされたのだ。

「さ、才賀さん……？」

「伝わってるよ。少なくとも人類では俺のことがいちばん好きだって言ってくれてるんだよな？」

そこまで大きな括《くく》りで話したつもりはなかったけれど、好きだという気持ちが伝わっているなら問題ないと考えるべきか。

「そ、そうですね。牛肉より好きだって意味で」

「今さらごまかしても遅い。亜沙は、俺のことが好きだ」

「う……」

着る毛布を引き剥《は》がされて、寝起きから着替えもしていなかったパジャマ姿になってしまう。

それどころか、パジャマすらすぐに脱がされた。

「才賀さん、急展開すぎませんか⁉」

「うるさい」

キスで反論を塞がれ、のしかかってくる彼の重さを全身で感じる。

――こんな俺様っぽいことを……！

だが、彼のキスが嬉しくて耳下あたりが打ち震えた。

鎖骨が痛いくらい、せつなさが喉元までこみ上げてくる。

「好きだよ、亜沙」

「し、知ってます……」

「もう一度、好きって言えよ」

「ううう、そんな簡単にぽんぽん言うものじゃないんですよ！」

「だったら、言いたくなるようにしてやる」

下着を引き下ろされ、無防備な下半身が彼の目の前にさらされた。

「っっ……！」

「亜沙が俺を好きだって言うまで、今日は絶対やめない。ああ、そうだ。次は泣くまで抱くって言ったよな？」

――そんなの初耳ですよ！

白い乳房が震える。両膝を強引に割って、凌太朗が脚の間に顔を埋めてきた。

「や、待っ……」

「絶対待たないし、絶対やめない」

先ほどの決意表明をさらに強めて、彼は舌先を亜沙の敏感な部分に這わせてくる。

ぴちゃり、と先端がかすめた。

「ぁ……っ……！」

亀裂を指で押し広げ、最初から感じやすいところを重点的に狙い撃つとは、まだ昼間だということも忘れてしまったのだろうか。

——無理。こんなの、いきなり……！

声が漏《も》れてしまうのが恥ずかしくて、亜沙は両手で口元を隠す。

右手はぎゅっと握りしめ、左手は頬から耳を覆うように、自分の声を必死で塞いだ。

「テレビ邪魔だな」

言うが早いか、凌太朗がリモコンでテレビの電源を落とす。

パチンとそれまで聞こえていた音が途切れ、彼の唇が奏でる淫《みだ》らな音だけが室内に響いた。

「～～～っっ、ん、んっ……」

子猫がミルクを舐めるように、ぴちゃぴちゃと舌先で花芽を弄《いじ》られる。

早くも屹立《きつりつ》しはじめたそこは、彼の口淫に応じるように甘い蜜で濡《ぬ》れていく。

違う。凌太朗が、あふれた蜜を塗り込めているのだ。

生温かく、それでいて指よりもやわらかに亜沙を攻め立てる舌先が、ときおり力を込めてつぶらな突起を弾《はじ》いた。

「ひぅ……っ」

「かわいい声だな。なんで口覆ってるんだよ」

「や、才賀さんが悪いんですよ……っ」

「は？　俺は悪くない。好きな女を感じさせようとしてるだけだ」

唇をすぼめると、彼は蜜口に吸いつく。

さらには大人のキスを再現するかのように、舌を内側へと這わせてきた。

「ぁ、あ、あっ……」

指先で花芽をあやしながら、粘膜をねっとりと舐められる。

こらえきれず、亜沙は左手を顔から離してシーツをつかんだ。

「亜沙、こうされるの好きだろ？」

「うう……、す、好き……」

「舌じゃ物足りないか。だったら——」

ぬぽんと舌が抜き取られ、間髪《かんはつ》を容《い》れずに彼が指を突き立ててくる。中指と薬指、一度に二本も押し込まれて、亜沙は喉を反らした。

「んぅ……っ……」

「もう奥からこんなにあふれてきてる。俺としかしたことないのに、ずいぶん感じやすくなったよな」

長い指は、たやすく亜沙の中を奥深くまでなぞっていく。

指腹で天井側をこすられると、すぐに腰が浮きそうになった。

「やぁ……気持ち、ぃ……っ……」

「好き？」

「す、き……」

「もう一度、俺のこと好きって言って」

「っふ……ぁ、あっ、才賀さん、が……」

好き——

そう言おうとした刹那《せつな》、腰から脳天へと快楽が突き抜ける。

「んんっ……、あ、あっ、やぁ……っ」

がくがくと腰を揺らして、亜沙は早くも一度目の果てへ追い立てられた。

——嘘、こんなすぐ⁉　わたしの体、どうなっちゃったの？

「なんだ、もうイッたのか。だったら、好きってちゃんと言うまでもっとしてやらないとな」

頭の中が真っ白で、彼の言葉の意味を理解するのに時間がかかる。

——え、わたし、才賀さんのこと好きって言おうとして……

「ひぁっ……、あ、あっ、やだ、ダメ、ダメぇ……！」

さっきよりも奥まで到達した指が、濡襞をぬちぬちとこすり立ててくる。

彼の手のひらまでしたたる蜜が、いっそう淫靡《いんび》な音を鳴らしていた。

「好きだよ、亜沙。感じやすいところも、俺の指を咥《くわ》えて離さないところもかわいい」

「っっ……、イッたばかりなのに、あ、あっ」

「イキぐせ、つけてやるからな」

「なっ……」

指だけでもじゅうぶんに感じすぎてしまうのに、凌太朗はさらに花芽にキスしはじめる。

緩急をつけた動きで、ときに軽く唇で食《は》んでは舌を躍らせ、ときに甘く吸い上げて指を激しく抽挿されて、もう何も考えられなくなりそうだった。

「んぅ、や、才賀さ……」

「ん？」

「そんなにされたら、あ、また……っ」

「何度でもイッていいよ。亜沙のイキ顔なら、一日中見ていたい」

ひときわ強く花芽を吸われ、先ほどとは違う快感に全身がわなないた。

「んーっ……、あ、アッ、ダメ、ダメぇ、そこ吸っちゃやぁ……」

「亜沙のダメは、もっとしての意味だってバレてるからな？」

言葉のままに、彼が熱いキスと舌の動きで翻弄《ほんろう》してくる。

「イッ……、イッちゃう、イク、やぁ、あああ……っ」

続けて達しながら、亜沙は被食者の喘《あえ》ぎで脚をばたつかせた。

逃げられない快感が、体の内側に澱《おり》となってたまっていく。達しても達しても、彼はまだ挿入すらしてくれない。

「また言えなかった？　じゃあ、もう一度」

「や、やだっ」

感じすぎて動きの鈍《にぶ》った体で、亜沙は懸命に逃げを打つ。

ベッドの上方へずり上がると、枕が床に落ちた。

「亜沙、逃げても無駄だってわかるだろ?」

「う……、そ、そうじゃなくて、待ってください。わたしにだって心の準備が……」

「体のほうは準備万端みたいだけど」

はしたなくひくついている蜜口に、彼の指先が触れる。

「ん、っ……」

「でもな、あんまりイカせると挿《い》れる前に亜沙、意識なくなるからな」

「なな、な、何を……っ」

「そうだよな?」

ベッドに膝立ちになった凌太朗が、デニムのファスナーを下ろしてそそり立つものを見せつけるように取り出した。

明るい時間に、カーテンも開けたままで。

──才賀さんには羞恥心《しゅうちしん》というものがないんですか⁉

脈打つ劣情は、まざまざと亜沙への欲情を示している。

求められているという感覚を、これほど強く実感する機会はほかにあるだろうか。

「……意識、なくなる前にちゃんと言わせてください」

「ああ」

「才賀さんのこと、好きです」

両手を伸ばして、彼のハグを要求する。

凌太朗が、冬の陽光を浴びて微笑んだ。それは、今まで見た中でいちばん優しく、美しい笑顔だ。

「亜沙」

「はい……」

「おまえはほんとうに、ほんっっとうに……」

両腕が、亜沙の体を巻き込むように抱きしめる。

「言うのが遅い！」

「ええっ……⁉」

避妊具を装着した彼は、亜沙の困惑している隙をついて蜜口に昂《たか》ぶるものをめり込ませてきた。

「っっ……、ぁ、ああ、や、はいって……きてる……っ」

「奥までしっかり咥えてもらうからな。俺のこと好きなら、何度でもイッてくれるよなあ？」

「限度がありますっ」

「じゃあ、限界を確認しようか」

この上なく美しい笑顔で、彼は獲物を仕留める獣《けもの》の目を光らせる。

——た、食べられる……！

心を内側から完全に食らい尽くされるという意味では、亜沙の感じたことは間違っていなかった。

セックスは体を重ねること。

そう思っていたのは、まだ亜沙が初心者だったようだ。

気持ちを確認してからの行為は、さらに深く心の奥まで突き上げられる。

愛情を愛情で打ち抜く、その烈《はげ》しさに。

――こんなの、絶対おかしくなっちゃう！

亜沙が完全降伏したのは、二十分後のことだった。

「ほら、もう一度」

「す、好き、好きです、才賀さん……っ」

「うん。俺も好きだよ。じゃあ、このままイッて」

「また……⁉」

「まだまだ足りない」

俺様要素だけではなく、彼にはベッドでのスパルタ指導という新たな属性が芽生え始めていた。

内臓を押し上げるほど突き上げて、それでも足りないと凌太朗が深くくちづけてくる。

「や……、それ、ダメ、キスされると……」

「イキやすくなることなら、知ってる」

「だったら……」

「だから、キスするんだよ。わかってないな、亜沙は」

微笑む彼は、天使か悪魔か。

冬だというのに、シーツが汗で湿るほどに激しく抱き潰されて、亜沙の土曜日は幕を下ろす。

もちろん凌太朗が亜沙をシャワーできれいに洗い流して、夕飯のしたくをし、お腹いっぱいになるまで牛肉入りのガーリックバターライスを食べさせてくれたのは言うまでもない——


……━……・……━……


日が短くなるほどに、ふたりで過ごす時間が増えていく。

——なんか、昔より一緒にいる気がする。

仕事を終えてビルのエントランスホールに下りてきた亜沙は、先に待っていた凌太朗の姿を見つけて駆け寄った。

フランス赴任前のほうが、つきあっていた期間は確実に長い。

けれど、あのころは交際を秘密にしていたから仕事帰りに堂々と待ち合わせをすることなんてなかった。

そういう意味では、一日に一緒にいられる時間はたしかに増えているのだろう。

——それにしても。

「遅い。何かトラブルでもあったのか?」

「いえ、別に……」

腕組みして待っている彼氏というのは、少々威圧感が過ぎるのではないか。

つい先日、常務の娘と見合いしたという噂が流れた直後である。できることなら、あまり目立たないようにしたほうがいい——なんて考えは、凌太朗にはないらしい。

「体、つらいんだろ。早く家に帰って休んだほうがいい」

「そこまでつらいわけじゃないですから」

「亜沙の体が心配なんだよ」

ふたりの会話を聞いていた帰り際の女性社員たちが、ちらちらとこちらを見ている。

「ほら、才賀さんと彼女」

「なんかすごい仲良いよね」

「常務のお嬢さんと縁談あったのに、好きな女と結婚するって啖呵《たんか》切ったんでしょ？」

——そんな事実はありません！

むしろ凌太朗は縁談をお断りされた側である。

「ていうか、彼女さんって体弱いのかな」

「いいなあ、あんなふうに彼氏に気遣われたい……」

健康すぎる肉好き女子が、なぜいたわられているのか。

「ほら、亜沙。鞄《かばん》持つから」

「じ、自分で持てますっ」

——ごめんなさい。ただの生理です。三日目なだけです……！

使い捨てカイロを差し出してくる恋人を、ちょっと恨みがましく見上げる。

「どうした。肉が恋しいのか？」

「才賀さん」

ひと息ついて、口を開いた。

「『言い方』」

——なっ……⁉

タイミングを完全に読んだ彼が、亜沙に言葉をかぶせてくる。しかも、亜沙の得意のワードだとはいえ、言うことまでしっかり把握されていた。

「その驚いた顔がたまらないんだよな」

スパダリっぷりもあでやかに、凌太朗が亜沙の頭をぽんぽんと撫《な》でる。

——手のひらで転がされてる。才賀さんがお釈迦様《しゃかさま》で、わたしが孫悟空《そんごくう》すぎる。

「亜沙」

頭を撫でて満足したのか、彼はその手をこちらに差し出してきた。

「いやいやいや、さすがにここ、まだ社内ですよ？」

「俺は見られても困らない」

「わたしは困ります！」

「はいはい」

返事は肯定だが、亜沙の意見を完全否定して、凌太朗がぐいと手をつないでくる。

そのまま歩き出した彼の速度は、普段よりずっとゆっくりだ。亜沙の体調を気にしてくれているのが伝わってきた。

——俺様なのか優しいのか、ほんとはっきりさせてくださいよ！


正式におつきあいを、再度することになった。

とはいえ、社内ではすでにふたりはフランス赴任以前からの交際ということになっている。

今さら誰かに言いふらすことでもなし、かといって常務の娘と二股をかけられていると思われるのも悩ましい。

そう思っていた亜沙だったが、実際は結婚を拒絶された側の凌太朗が、なぜか縁談をお断りしたことになっていたから不思議だ。

「何を百面相してるんだよ」

先日から、彼がハマっているのは亜沙の頬を引っ張ること。

もちろん痛くない程度のちから加減なのだが、子ども扱いされているようでちょっと悔しい。

「やめひぇくやひゃい」

「あー、かわいいなあ、亜沙は」

——こんな顔をかわいいと言われても嬉しくないっ！

今夜は亜沙の部屋にふたりで帰ってきた。

つい数カ月前まで、完全なるおひとり様仕様だった部屋にはダイニングテーブル用の椅子《いす》が一脚増えている。

ふたりで凌太朗の新居に置く家具を見に行ったとき、亜沙がかわいいと言っていた椅子を彼がひそかに購入しておいてくれたのだ。

テーブルには、帰りに駅ビルの地下で買ってきたミートパイと緑黄色野菜のグラタン、パエリアが並んでいた。

「冷めるから、まずは食べるか」

「はい！　いただきまーす！」

食前の挨拶《あいさつ》だけは、調子が上がる。

今夜は先送りにしていたとある話をすることになっているのだが、それすらも忘れてしまいそうだった。

「ていうか、なんでいきなりムール貝をよけるんだよ」

「この黒い貝は才賀さんにあげます」

「嫌いなのか」

「……だって黒いから」

肉なら多少焦《こ》げて黒くなっていても気にせず食べる亜沙だが、黒い食べ物は苦手だ。

ひじき、きくらげ、中身は黒くないけれどウニ、黒豆などが該当する。

「黒毛和牛は好きなのにな」

「あっ！」

――ほんとうだ！

言われて初めて気づく。たしかに黒毛和牛は大好きだ。

「……今さらかよ。ほんとうにぼんやりしてる」

「ぼんやりはしてません。ちょっとうっかりしてるだけです」

「二十六年、ずっとうっかりしてるのか……」

ムール貝は凌太朗においしく食べてもらい、亜沙はミートパイを主に食す。

トマト味の食べ物はたいてい好きだが、このミートパイは絶品だ。

残すことなく食べ終えて、食後のコーヒーをふたりで淹れる。なんだか、離れていた時間が嘘のように思えてくる親密さだった。

広いとはいえない室内に、コーヒーの香りが充満する。

「亜沙はいろいろと手抜きだっていうけど、コーヒーはいつもしっかり豆から挽《ひ》いて淹れるんだよな」

「そういえばそうですねえ。コーヒーってそういうものだって認識してるからかもしれません」

「ご両親がコーヒー好きなのか？」

「父が好きです。子どものころは、将来コーヒー農園で働きたいと思っていたと言ってました」

「亜沙のお父さんらしいな」

くっくっと笑う彼が、目を細めた。

「どういう意味ですか？　父が肉好きだからって意味ですか？」

「あのな、そういう穿《うが》った見方はしてない。それに、たいていの人間が肉を好きだって気づいてるか？」

「えっ」

思わず頬が緩む。

そう、この世には亜沙と同じく肉を好む人間がたくさんいるのだ。肉派の勝利である。

「そこで喜ぶのがわからないけど、きっと亜沙のお父さんならそういうのも共感できるんだろ」

「どうでしょう。野菜を拒絶する勢力としては、父は少々弱い気がします」

「おまえは何と戦ってるんだ」

「野菜派の母と才賀さんですよ」

「魚派とかフルーツ派とかもいるんだろうな、その世界には」

「祖母は魚派でした」

テーブルに肘を置き、凌太朗がやれやれとばかりにコーヒーをひと口飲む。

亜沙は今も肉が好きだ。今さら言うことではないけれど、やっぱり肉が好き。

だが、健康のために肉以外のものも食べなければいけないというのが、以前よりも少しだけわかるような気がしてきた。

――お父さんも、きっとそうだったんだ。だから、お母さんの作る野菜サラダも野菜炒めもちゃんと食べてる。

好きな人と、ずっと一緒にいたい。

そのために健康に気をつける必要がある。

「お肉さえあれば幸せだったのに、才賀さんのせいです」

「……今、俺はいったい何を責められてるのか教えてくれ」

彼がいなかったら、きっとお安い鶏肉をひとりで調理してひとりで食べていた。もちろん、野菜なんてなしに。

「才賀さんがフランスに行ってから、食べ物の味があまりしなくなりました」

「まじか」

「はい。何を食べてもおいしくなくて、才賀さんと食べたお料理のことばかり思い出しました。それで、お肉さえあればいい、お肉を食べてるときだけは幸せだって気づいたんです」

亜沙の肉好きは子どものころからだったけれど、ここまでこじらせたのは凌太朗が渡仏してからのことだ。

それをすべて彼のせいにするつもりもないけれど、原因の一端が凌太朗にあるのも事実だと思う。

「つまり、亜沙は俺がいなくて寂しかった？」

「……それはもちろん、寂しかったですよ」

今日の本題。『かつての別れをどうすれば回避できたのか、きちんと話し合う』である。

問題は対処方法を身に着けなければ、何度でも同じことを繰り返すという、凌太朗の言い分によって話し合いをすることになっていた。

「だから、ブフ・ブルギニョンに思いを馳《は》せたのもきっと才賀さんのせいです。フランスへの憧憬です」

「ちょっと無理やりな気がする。あと、もう食べたからそこまでブフ・ブルギニョンにこだわる必要はないだろ」

「何度でも食べたいっていうアピールです！」

「はいはい」

「わかってますか？　わたし、すごくつらかったんですよ。当たり前じゃないですか。好きな人が急にいなくなっちゃったんですからね？」

「なあ、フラれたのは俺のほうだと思うんだけど」

腑に落ちないと言いたげに、凌太朗が顎を上げた。

「少し距離を置こうって言ったじゃないですか！」

「その前にプロポーズしただろ……」

「あのときは、そういう意味だってわかってませんでしたよ！」

亜沙にすれば、笑えない冗談でしかなかったのである。

「……そうだな。俺の言い方が悪かった」

「そうですよ」

「だから、次回はもっとわかりやすいプロポーズにする」

「え、なっ、なんですか、プロポーズ予告ですか⁉」

「そうですよ？」

わざと、直前の亜沙の言い回しをまねる彼が憎らしいのに愛おしくて悔しい。

——予告するものなの、プロポーズって！

かあっと頬が熱くなった。こんなところで動揺したくないのに、結局どこまでも亜沙は凌太朗に翻弄される運命にある。

と、正直に思ったままを伝えたが、

「翻弄されてるのは絶対俺のほうだ。そこは譲らない」

彼はなぜか心底嫌そうに睨みつけてきた。

「才賀さんって、ヘンなところで頑固ですね」

「俺は、それを亜沙にだけは言われたくないからな」

「じゃあ、言わないであげるのでまたブフ・ブルギニョン作ってください」

「なんだその流れ」

「これからもずっと一緒にいたいって意味です」

冷めてきたコーヒーを、照れ隠しに飲み干す。

プロポーズ予告への、返答予告。

そんな意図に、彼は気づいているだろうか。

「へえ？」

「なっ、なんですか」

「いや、亜沙もずいぶん粋《いき》な返答をするんだなと思って」

「勝手に深読みしないでくださいっ」

「いいんだよ。亜沙が俺のことを好きだったんだなって実感して、嬉しいだけだから」

どうせ自分は俺様に見初《みそ》められ、いずれ飽きられるだけの存在だと思っていた。

興味を持ってもらったところで長く一緒にいられない。

少なくとも、過去に自分に興味を持った男性は皆そうだった。

「あのな」

凌太朗は亜沙の言い分を聞いて、椅子から立ち上がる。

長身の彼がびしっと人差し指をこちらに向ける姿は、またも威圧感満載だった。

「俺のことを俺様扱いしたがるのは勝手だが、ほかの男と同じだと思うなよ？」

「それは……そうですね。わたしが悪いです」

亜沙だって「おまえはモブAだからモブBやCと入れ替えてもなんら変化がない」と勝手に言われたら気分が悪いと思う。

俺様にだって、それぞれ違う個性があってしかるべき。それを理解できていないのはこちらの手落ちだ。

「才賀さんは王子系俺様ですね」

「……こんなに雑に扱われる王子やら俺様っているのか？」

「誰に雑に扱われてるんですか？　……むぎゅ⁉」

答えは、言葉ではなく抱擁で伝えられた。

「っちょ、才賀さ、苦しい！」

「わからないか～？　俺を雑に扱ってるのは、こいつだ、こいつ。三園亜沙っていう、俺の好きな女だよ？」

強気のハグが、次第に緩んでいく。

ひたいとひたいをくっつけて、凌太朗が目を伏せた。

「俺は、ぜんぜん王子でも俺様でもない」

「そうですか？」

「そうですよ。それどころか、好きな女にすら牛肉と比較してもらわなきゃ告白してもらえない、かわいそうな男だ」

――まだ根に持ってる。

「それはー、その……」

「ん？」

「みんなの才賀さんじゃなく、わたしだけの才賀さんになったら話は別です」

「亜沙、今のはちょっと意味がわからないんだけど」

「だからですね、わたしはわたしなりに思うところがあったんです。あのころは、才賀さんが本気でわたしを好きでいてくれるかわからなかったですし、なんかいやらしいことをすぐしようとするし、キスとか息の仕方がわからなくて苦しかったし――」

彼の都合で週末ともなればデートばかりして、肉料理が食べたいのに海鮮や野菜をさんざん食べさせられた。

「それが才賀さんの愛情だってわからなかったから、強引な俺様だと思ってたんです」

「なるほど。続きを頼む」

「あと、あんまり慣れてない時期にわたしが痛がってもけっこうしたがりましたよね？」

「……あ、ああ、そうかもしれないな」

彼の旗色が若干悪くなった。表情から読み取れる。

「なんかそういうのも、わたしを好きっていうよりしたいだけなのかなって」

「そんなわけあるか！」

「だって、初めてだったんだからわからなかったんですよ！　しかもみんなの前では王子スマイルで、誰からも好かれる人たらしで、わたしを選ぶ理由なんかまったく見当たりませんでした」

不安になるのは、彼を好きだからだ。

亜沙にしては、がんばって伝えたつもりだけれど凌太朗には届いているだろうか。

覗《のぞ》き見るように彼を見上げると、なぜか少し耳が赤くなっている。

——んん？

「つまり、俺が亜沙だけのものだってことならいいんだな？」

「そう、です」

「わかった。予告編は終わりだ」

何かの終了宣言に、亜沙は困惑した。

いつの間に予告編が始まっていたかもわからないのに、勝手に終わらせられてしまった。

――まさか、本編ってそういう意味⁉

思い当たった結論に、亜沙は慌てて彼から身を離す。

「えっ、ダメです」

「なんで」

「今日は本編上映できませんよ。生理終わってないって言って……」

「だから、本編がセックスだと思うその脳がバグってんだよ」

はあああ、と今日いちばんの長いため息をついて、彼がポケットから何かを取り出した。

それは、シルバーがかったグレーのアクセサリーケースだ。手のひらにおさまるほどに小さく、けれど存在感を強く放つ。

「亜沙」

「っっ……」

鈍感な亜沙でも、意味がわかった。

この流れで間違ったら恥ずかしいけれど、きっと間違いなく――

「俺と結婚してください」

いわゆる箱パカを目の前で実演されているというのに、状況を茶化す余裕なんてありはしない。

天井の照明を受けて、細いリングがきらきらと輝いていた。

「赴任前にプロポーズしたつもりだったって言ったよな」

「い、言いました」

「ほんとうはもう少し落ち着いてからあらためて言うつもりだった。さっきも言ったとおり」

――予告編って、そういう意味⁉

プロポーズ予告をしてすぐに本編上映とは、気が早いようにも思わなくもない。

けれど、どうしてだろう。

こんなにも、胸が高鳴る。

こんなにも、呼吸が熱い。

こんなにも嬉しいことが、この世にあるなんて知らなかった。

「あのとき、俺はうまくプロポーズできなかった自分が情けなくて、ちょっと、いやかなり拗《す》ねてた。男としても人間としてもかっこ悪かったと思う」

「そんなことは……」

「今も、残念ながら亜沙の前では駄目だ。ぜんぜんうまくいかない。だけど、もういい。俺は王子でもなんでもない。亜沙と結婚できるなら一生ブフ・ブルギニョンを作る」

「……最高のプロポーズです！」

ブフ・ブルギニョンが、ではない。

亜沙は自分から凌太朗の頬にキスをして、幸せいっぱいに微笑んだ。

「好きだよ、亜沙」

「わたしも好きです」

左手の薬指にはめられたリングが、指から手首、腕を伝って心臓まで愛情を運んでくる。

ゆっくりと目を閉じて、唇を重ねて。

「あっ、でも！」

「ん？」

「今日はできませんから、絶対無理ですからね」

「俺はまだ性欲モンスターの疑いを晴らせないんだな……」

——そこに関しては、別問題です。

「だったら期待に応えるまでだ。次回こそ、亜沙が泣くまで抱く。覚悟はいいか」

「〜〜〜っっ、彼女を泣かせようとするなんて最低です！」

「ばーか」

耳元に顔を寄せた凌太朗が、小声で言う。

「彼女じゃなくて、婚約者だろ？」

「なっ……ど、どっちでもダメってことですよ！」

「それは、実際にベッドの中で確認するよ。次回な？」


……━……・……━……

クリスマスを一週間後に控えた土曜日は、朝から水色の空が広がっていた。

うっすらと雲を空に織り交ぜたような色味から、寒さが伝わってくる。

寝起きと同時に「ああ、今日だ」と凌太朗は心にこみ上げるものを噛《か》みしめた。

――亜沙が怖気《おじけ》づいて逃げないといいんだが。

不安はほのかに胸をかすめる。

今日、ふたりは凌太朗の実家に挨拶に行く約束をしていた。

スマホを手に、洗面所へ向かう。洗濯機を回し、顔を洗ってから、ＳＮＳアプリで亜沙にメッセージを送る。

『おはよう。寒い』

短い二文に、思いを込めた。

『おじいさんですか』

すぐに返信が来たけれど、意味がわからない。

――これは、早起きを揶揄《やゆ》しているのか？

『もう八時だからおじいさんではない』

そう送ると、疑問符をたくさん並べた絵文字が返ってきた。

洗面台の鏡に映る自分の顔を確認し、電動歯ブラシで歯を磨く。二分間の歯磨きと、そのあとの歯間ブラシ。凌太朗の一日は、適度な歯磨きから始まる。

父は、友人である常務の娘と凌太朗が結婚することを望んでいた。

しかし、相手からはっきり断られてやっと諦めがついたようだ。亜沙を連れていくと電話で伝えたときにも、それが伝わってきた。

実家で暮らす両親と兄に、亜沙を紹介できる。

この日が来たことが嬉しくてたまらない。思わず朝から鼻歌をうたうくらいに、凌太朗は浮かれていた。

問題は、あとひとつ。

亜沙にはまだ、実家の家業を伝えていない。

――まあ、なんとかなる。親父は間違いなく亜沙のことが気に入るだろうからな。


生まれ育った鎌倉の実家を前に、亜沙の反応を窺う。

「……っ……!?　……これ、何かあの……歴史の教科書とかに出てきます……？」

「出てこない。そこまで古くないからな？」

とはいえ、凌太朗の実家が建築されたのは明治時代のことだと聞いていた。

和洋折衷どころか中国の細工までまぜこぜになった洋館は、何度も改築を繰り返しているので、見た目ほど室内は古めかしくない。

ただし、外から見ると歴史的建造物そのものだ。亜沙が戸惑うのも当然である。

「待ってください！」

「いや、ここまで来て待ったところでどうにもならないぞ」

「聞いてませんよ、こんなすごいおうちだなんて……」

早くも青ざめた顔をしている婚約者の背を、手のひらでそっと撫でさする。

――がんばれ、亜沙。

凌太朗だって、自分の家が少しばかり普通ではない自覚はあった。

だからこそ、前もって教えなかった。つまり意図的な隠蔽《いんぺい》だ。

「才賀さんのご家族って、何してる人たちなんですか」

「食品会社」

「いったいどんな高級食材を……」

残念ながら、まったく高級ではない食品を扱っているのだが、それはのちほど知ってもらうことにする。

嫌がる亜沙をなかば強引に連れて、玄関へ向かった。

「リョウ、早かったね」

「ああ、ただいま」

玄関脇で、待ちかねていたとばかりに兄の浩太朗《こうたろう》が軽く右手を上げる。

三歳上の兄は、見た目こそ凌太朗とよく似ているけれどより厄介《やっかい》な相手だ。

ひと言で説明するなら常に自分より一枚上手なのである。

「はじめまして、三園さん」

「はっ、はじめてお目にかかります。三園亜沙です。あのこれ、これ、を……」

「亜沙、落ち着け。手土産は部屋についてからな?」

たのだろう。

それでなくとも緊張している亜沙を、いっそう緊張させる。そのためだけに、玄関脇で待ってい

しかも悪意からではなく――

「あはは、少しは緊張がほぐれたかな。一度失敗しちゃうと、肝《きも》が据《す》わるからね」

「どうせそういう意図だろうと思ったんだよ……」

本人は、百パーセント善意だから厄介なのだ。

――俺も昔やられたな。緊張してるときに、より緊張させることで緩和をうながす。兄貴はそういうのを笑顔でやるから怖いんだ。

「才賀さん、笑顔が引きつってますよ？」

「気にするな。あと、今日は名前で呼ぶ約束じゃなかったのか？」

「そっ、そうでした……！」

才賀家を来訪したら、暮らしている人間は全員『才賀さん』である。

亜沙のことだから、前もってそれを説明しておかないと当日いきなり名前で呼ぶなんてできないだろう。そう思って、練習も一応したのだが、予想通りうまくいかない。

――わりと好き放題なくせに、妙に小心者で恥ずかしがりやなところがあるんだよな。

もちろん、凌太朗からすれば亜沙のそういうところもすべてかわいくて仕方がないのだが、挨拶でつまずいたら結婚しないと言い出しかねない彼女だ。

少しでもリラックスしてもらいたい。

そういう意味では、最初に兄の洗礼を受けたのはいい滑り出しと思うことにしよう。

「父さん、母さん、凌太朗が来ましたよ」

兄は玄関を開けると、室内に向かって声をかける。

「りょ、凌太朗さん、わたしはもうダメかもしれません」

「まだ始まってないから、とりあえず深呼吸しとけ」

「ヒッヒッフー、ヒッヒッフー」

完全に自分を見失っている亜沙を笑いそうになるが、かろうじてこらえた。

「三園さん、それは出産のときの呼吸じゃなかったかい？」

「っっ……！　おっしゃるとおりです……」

我慢した凌太朗と逆に、兄は体をくの字にして笑い出す。この人は、穏やかに見えて笑い上戸なのだ。

「どうしましょう、才賀さん。深呼吸がわかりません」

「とりあえず呼吸ができてるだけでいい気がしてきた。あと、名前」

「りょうたろうさんっ！」

勢い込んだ彼女の大きな声が、玄関に響き渡った。

「ずいぶん元気のいいお嬢さんを連れてきたな、凌太朗」

タイミングよく玄関へやってきた父が、亜沙の声を聞いて眉を上げる。

「ああ。俺にぴったりだろ？」

「ようこそ、才賀家へ。遠いところをよく来てくれました。さあ、まずは上がってください」

「あり、ありがとうございます……」

今にも消え入りそうな声の亜沙と、まだ笑いつづけている兄。

――がんばれ、亜沙。

あとは野となれ山となれ――とは言わないが、亜沙には慣れてもらうよりほかない。

凌太朗は彼女の背に手を添えて、才賀家に一歩踏み出した。


「さっ………サイガ食品ですか⁉」

「ミソノアサ、さんですと⁉」

自己紹介を終えたところで、亜沙と父が双方目を見開く。

それもそのはず、凌太朗の父が経営するサイガ食品の主力にして唯一無二の有名商品こそが『味噌の朝』という名前のインスタント味噌汁なのだ。

一応、サイガ食品は国内におけるインスタント味噌汁のパイオニア的存在である。

テレビの広告も数多く打っているし、たいていの日本人がインスタント味噌汁といえば『味噌の朝』の名前を挙げる。

どこのスーパーに行っても並んでいる商品なので、類似品も多く存在するほどだ。

「これは驚いた。我社の商品と同じ名前のお嬢さんがいらっしゃるとは」

「は、はい。三園亜沙です。本名です」

――挨拶に来て偽名を名乗るわけもないんだけどな。

「わたしも驚きました。さい……凌太朗さんのご実家が、サイガ食品さんだなんて……」

「なんだ、凌太朗から聞いていなかったのかね」

「今、初めて知ったところです」

こっそりと亜沙がこちらを睨んでくる。

先に言っておいてほしかったと思っているのだろうが、言ったら言ったで結婚を渋るのが目に見えていた。

「凌太朗、おまえは今までうちの会社のことを何も考えてないと思っていた」

「ああ、別に考えてるわけじゃない」

「だが、すばらしい女性を連れてきたな。よし、いっそおまえが婿に入れ」

「親父、何言ってんだよ」

「亜沙さんのすばらしい名前を残すべきだ」

父もまた、凌太朗の予想通りの反応である。

自社最大のヒット商品と同じ名前の婚約者を連れてきた息子に、満面の笑みを見せていた。

「あら、お父さんったら。亜沙さん、気をつけてちょうだいね。この人たち、サイガ食品のためならなんでもやるの。ほんとうに息子を婿入りさせかねないわよ?」

「はっ……あの、わたしとしては名前は変わるほうがいいと申しますか……」

亜沙の気持ちもわからなくはない。

だが、父に気に入られるつかみは完璧な名前だ。

「まあまあ、そのあたりは今後ゆっくり話し合いをすることにして、今日はいい牛肉を神戸《こうべ》から取り寄せてあるよ」

兄の言葉に、亜沙の目がきらりと光る。

「神戸から、牛肉を……！」

――いや、兄貴はなんで亜沙が肉好きなところまで把握してるんだ⁉

家族でもっとも謎の多い浩太朗だが、悪意はない。

たとえひそかに凌太朗の恋人について調査をしていたとしても、まったく悪意はないはずだ。

「あの、ひとつ質問してもいいでしょうか？」

「なんだね、三園亜沙さん」

父は亜沙の名前が気に入りすぎたらしく、フルネームで呼んでいる。

「お兄さんはご結婚されているんですか？」

「浩太朗は独身だ。ん？　もしや、兄のほうが気に入ったか」

「いえいえいえ、そういうことではなくてですね。どうしてお兄さんがいらっしゃるのに、凌太朗さんに縁談が持ちかけられたのかなと……」

昔から、凌太朗が逆立ちしてもかなわないほど優秀な兄だが、ひとつ大きな問題がある。

善意しかないと何度も繰り返さなければいけないほどの欠点。それは――

「ああ、それはね、博愛主義ゆえにひとりの相手を選べないんだ」

「……はい？」

「博愛主義というか、うーん、僕はこの世のすべての人類を同じように愛してるんだね。だから、男性も女性も同じように愛している。わかりやすく言うとバイセクシャルだね」

「ば、ばいせくしゃる」

結婚の挨拶の場で、まったくふさわしくない単語が行き交う。

「亜沙、そこはあまり気にしなくていいから」

「あ、はい」

「兄は簡単にいうと、ものすごく気が多くて、気を持たせた相手全員をたらし込む」

「………………才賀さんの上位互換ですか？」

「おいこら」

思わず、場にふさわしくない言葉が口をついて出た。

だが、すでにより不相応な単語が出たあとだ。このくらい、なんてこともない。

「人たらしの最上級というか、そういう……」

「そう。亜沙さんは聡明だね。人たらしの最上級っていい言葉だ」

まったく悪びれることなく、兄が微笑んだ。

どちらかというと、いつも居丈高《いたけだか》な父のほうが困惑しているから、才賀家では誰も浩太朗にかなわない。

「亜沙さん、お肉の焼き加減はどうしたいかしら？」

「ミディアムでお願いします！」

こんな場面でも、動揺することなく肉の焼き加減を尋《たず》ねる母。

そして、肉の話になるとすっかりそれ以外のことを忘れる亜沙。

――俺の好みは、もしかしたら親父に似ているのか……？

どこか共通するものを感じさせる女性ふたりを前に、凌太朗は右手をひたいに当てた。

その後はおおかた順調に初対面の一日を過ごし、亜沙はしっかりとステーキをたいらげて、終始笑顔だった。

肉は世界を救うかどうかわからないが、少なくとも凌太朗の愛する女性を救う。

そして、亜沙が救われるということは凌太朗の未来が明るくなる。

――俺はもっと、肉に敬意を払うべきかもしれないな。

正しかろうとそうでなかろうと、大切なのは正誤ではなく幸せかどうかだ。

そういう意味で、凌太朗にとって肉は幸せな家庭の重要な要因になる。たぶん、おそらく。


……┃……・……┃……


彼の海外赴任の内示が出た直後、初めてふたりで迎えたクリスマスは、慌ただしく過ぎていった。

この先、どうすればいいのか。どうするつもりなのか。

お互いにそんなことを悩んでばかりのクリスマスだったと思う。

そのせいもあって、あまり記憶に残っていない。

あれから、四年。

二度目のクリスマスを翌日に控えて、亜沙は――

「高峰《たかみね》さん、修正版準備できました」

「ありがとう。角野《かどの》主任、データそろったので確認お願いします」

「わかりました。ダブルチェック、菅谷《すがや》さんいいですか？」

「はい！」

年末の業務が押して、十二月二十四日に残業をしていた。

マーケティング事業部全体が、クリスマスイブを棒に振る始末である。

基本的に緊急案件のある部署ではないため、入社して四年、ここまで慌ただしいことも珍しい。

――それが今日に限って起こるなんて、きっと忘れられないクリスマスイブになるなあ……

表計算ソフトと一日中にらめっこをした結果、眼精疲労は限界に達している。

凌太朗には、残業になるとわかった時点で連絡をしておいた。

どちらにせよクリスマスイブの金曜日に外食をするのは混雑して大変だということで、凌太朗の案によりふたりのクリスマスは明日がメインの予定だ。

ブフ・ブルギニョンは昨日のうちに仕込んだと聞いている。

「ダブルチェック終わりました。どちらも問題なし。すぐに営業に送ります。皆さん、クリスマスイブの夜遅くまでお疲れさまでした！」

「「「お疲れさまでした」」」

妙な高揚感と爽快感がオフィスに満ちていた。

おそらく、皆疲れすぎてちょっとおかしくなっているのだろう。

新卒一年目の男性社員は、恋人との約束に間に合わなくて涙目になっている。人生初めての彼女だと言っていたから、その気持ちもわからなくもない。

「三園さん、これから才賀さんと会うの？」

「いいえ、今日は自宅に直帰です」

「えっ、クリスマスイブなのに？」

「はい、クリスマスイブですから！　お疲れさまです」

微妙に噛み合わない会話を残して、亜沙はオフィスをあとにする。

駅までの道のりは、あちらこちらでクリスマスソングが流れていた。

――あー、疲れた。ケーキ食べたい。でも、チキンも食べたい。とはいえステーキも捨てがたい。

亜沙の煩悩は基本的に食へ一直線だ。

普段なら肉一択のところを、クリスマスの空気にあてられてケーキを食べたいと思う。

こんなことは、子どものころ以来かもしれない。

――わたしも大人になったってことかな。それとも、結婚を決意して味覚に変化が表れたのかも？

凌太朗に言えば、おそらく「どっちも違うだろ」とあきれられそうだが、今はあきれ顔でもいいから見ていたいと思う。

残業が終わったことを伝えるべきというのはわかっていたが、今日は電車も混雑しそうだ。まずは帰宅を優先しよう。

自宅マンションの最寄り駅についたときには、二十三時を回っていた。

あいにくの曇り空は、今にも雪が降り出しそうなほど冷たい空気が充満している。

雪ならまだしも、今夜の天気予報は雨だった。

SNSは後回しに、冷えたアスファルトを早足で家路を急ぐ。

こんな日にかぎって手袋を忘れてしまったので、両手がジンと冷たい。

——才賀さんがいたら、きっと手をつないでくれる。もしかしたら、使い捨てカイロを差し出してくれるかも。

好きになってはいけない——なんて考えていたのが、遠い昔のようだった。

今の亜沙にとって、凌太朗はなくてはならない存在だ。彼がいてくれることを当たり前だとは思わないが、いてくれることに心から感謝している。

——あー、才賀さんに会いたいなあ。

そんな気持ちでマンションに帰り着き、亜沙は自宅の玄関前を見てぎょっとした。

「なっ、才賀さん、何を……」

まさかもまさか、そこにはクリスマスプレゼントよろしく才賀凌太朗が立っているではないか。

「お疲れ。遅かったな」

黒いロングコートに、マフラーをぐるぐると鼻先まで巻いて、それでも寒さで顔色は真っ白になっている。

「才賀さん、顔色やばすぎですよ⁉」

急いで玄関の鍵を開け、ふたりは室内に転がり込んだ。

今日は、残念なことに洗濯物を室内干ししていないため、エアコンはついていない。さすがに年中つけっぱなしにしていては、電気代がかかりすぎる。

「……鍵、持ってますよね」

「ああ」

エアコンをつけ、急いでコーヒーを淹れる。

即効性を考えると、体の内側から温めるのがいい。

「勝手に入ってきたことだってありますよね？」

「そうだな」

――じゃあ、なんで今日にかぎって外で待ってるんですか！

「待っていたかったんだ」

亜沙が口を開くより先に、凌太朗が寒そうな声で言う。

「え……？」

「亜沙が帰ってくるのを、誰より先に見つけたかった。だから、外で待ってた」

冷えた体が、一瞬で溶けたチョコレートのように甘く、熱くなる。

「……なんですか。乙女ですか。かわいすぎるんじゃないですか」

唇を尖らせながらも、彼への愛情がぐっと濃縮されるのを感じた。

「アラサーの男をつかまえて乙女ですかって、ひとつもかすってないだろ」

「完全に乙女です」

「俺は、ときどきおまえの考えてることがわからないよ……」

コーヒーを注いだマグカップをテーブルに置いて、亜沙はじっと彼を見つめる。

「わたしも、才賀さんのお兄さんのことはまったくわからないなって思います」

「ああ、あれは仕方ない。そういう生き物なんだ。悪意はないから心配するな」

「はい。才賀さん」

「ん?」

「好きです。待っててくれてありがとうございます」

それは、今夜だけのことではなくて。

――ずっと、わたしの気持ちが追いつくのを待っていてくれてありがとうございます。

「こちらこそ、亜沙を待つ権利をありがとう」

彼がコートを着たまま、両腕を広げる。

「もちろん、ブフ・ブルギニョン大好きです」

「おい、なんでそこで急に食べ物の話になった?」

「あ、すみません。本音が……」

「……いいよ。俺は肉の次でもかまわない。人類ではいちばん好きでいてくれ」

「冗談です。拗ねないでください」

つま先立ちのキスに、互いの唇が熱を帯びる。

「コーヒーより、もっと体の奥からあったかくなることするか」

彼の言葉に、かすかに目を伏せてうなずいた。

クリスマスイブの今夜くらいは、甘い甘い時間を過ごしたい。いや、できることならいつだって
そうありたいと思うのだけれど、どうにも亜沙はスイーツよりも牛肉に弱いので。

「約束の次回が、やっと訪れたな」

「え、えっ、待ってください。あれって、クリスマスにも適用されるんですか⁉」

「そんなに喜ぶなよ。俺も嬉しい」

「待っ……才賀さ……っっ」

早々に衣服を引き剥がされて、亜沙はベッドに追い詰められる。

「愛してるよ、亜沙」

「～～～っっ……、お手柔らかにお願いします……！」

窓の外に、雪がちらつきはじめた。

ホワイトクリスマス、なんて考える余裕もない。

「や……っ……、う、嘘、無理、ムリぃ……っ」

亜沙は、仰向けの凌太朗を跨《また》ぐ格好で長い髪を揺らしている。

「無理じゃない。かわいいよ、亜沙」

自分では動けないと言った亜沙の腰をつかみ、彼が下から突き上げた。

——こんな、わたしのほうから才賀さんを襲ってるみたいな……！

腰の奥に甘く渦《うず》を巻く快楽は、ふたりの心と体をひとつにつなげてしまう。

隘路で暴れる彼の劣情は、避妊具越しでも烈《はげ》しく脈を打っていた。

「んっ、んぅ、無理、あああ、あ、あっ」

「ほら、ちゃんとこっち見て。俺の目を見て、イクんだよ？」

「さいがさん、さいがさ……っ……」

「イキそうなら、言わないと駄目だろ」

「イッ……ちゃう、もう、イク、イクぅ……っ……！」

「っ……、俺も、やばい。ああ、亜沙、一緒にイこう」

「んーっ……！」

「……ハ、ああ、亜沙……！」

シーツに膝立ちになった格好で、亜沙は泣き声にも似た嬌声《きょうせい》をあげる。

何度達したか、わからない。

何度達しても、まだ凌太朗が中にいる。

「ああ、すごいな。亜沙のここ、さっきから噴きっぱなしでぐしょぐしょだ」

「っっ……、な、やだ……」

「それに、まだ奥がうねってる。足りないっておねだりしてるみたいだな」

浅い呼吸に胸を上下させていると、彼は右手を伸ばして亜沙の髪をそっと梳《す》いた。

――足りないって、もうじゅうぶんしていただきました！　才賀さんだって、今さっきイキましたよね⁉

返事もできずにいると、亜沙の体を抱きしめて凌太朗が位置を入れ替える。

「あー、涙目になってる亜沙もかわいい」

「っちょ……もぉ、ほんとに無理……ですよ……？」

「うん。そうだな。少し休むか？」

枕に頭をあずけ、亜沙は即座に二度三度とうなずいた。

気づけば、日付がとっくに変わっている。

――クリスマスになる瞬間、才賀さんに抱かれてたんだ。

「俺たち、つながったままでクリスマスになったな」

「っっ……才賀さんの性欲もんすたー……っ」

同じことを考えていたのが恥ずかしくて、両手で顔を覆った。

窓ガラスには、早くも結露が見え始める。

降りつづく雪が東京の街を白く塗り替えようとしていた。

「亜沙」

「はい……」

「俺がモンスターどころか魔王級の性欲だったら嫌いになる？」

世にも美しい顔をして、この男は何を言い出すのだろう。亜沙は一瞬、言葉を失った。

「えっと……嫌いにはなりません。でも、結婚したら平日はナシでお願いします」

「土日ならいくらしてもいいと」

「才賀さん、人間には体力の限界があります。魔王と同じ回数は無理です」

「おまえ、夫になる男をよくもモンスター扱いしたな？」

「そういうことじゃなくて！」

まだ汗もひかないというのに、彼はベッドヘッドから次なる避妊具を取り出した。

——え、嘘でしょ？　本気？

「せっかくだから、亜沙の期待に応えることにするよ」

「ま、待ってください。そこはダメです。ムリです！」

「それは体に聞いてみるか」

避妊具のパッケージを咥えた湊太朗は、幸せそうに微笑んだ。

その笑顔だけを見ていたら、こんな性豪には決して見えないのだが——

「メリークリスマス、亜沙。俺から愛情のプレゼントだ」

「〜〜〜っっ、さ、才賀さんっ……！」

「ああ、喜んでもらえて嬉しいよ」

夜は長く、白く、甘く。

クリスマスの空に、亜沙は幸福な嘆きをひとつ。

愛されすぎるのがこれほど悩ましいことだと教えてくれた彼に、いったいどんなクリスマスプレゼントをお返しすべきか。

きっとそれは、来年のクリスマスまでの課題になる――

番外編　大晦日です、才賀さん！

大晦日の夜、三園亜沙《みそのあさ》は二十二時半にベッドに入った。

昔から大晦日の年越しそばやお正月のおせち料理にあまり興味がない。

それというのも、どちらも肉と縁遠いせいだ。

「亜沙、もう眠いのか？」

婚約者になったばかりの才賀凌太朗《さいがりょうたろう》が、亜沙の部屋で年末の人気番組を観ている。

「眠くもないですけど、起きていても特にいいことはないので寝ようかなと」

「年越しそばは？」

「肉そばじゃないですよね、それ」

「なるほど」

肉をこよなく愛する亜沙をよく理解している凌太朗は、すぐに事情を察してくれた。

「だったら俺も寝るかな」

「テレビ観ててだいじょうぶですよ？」

「今年最後の亜沙を堪能したいんだよ」

「それは来年のお年玉にとっておきましょう」

「もったいぶるじゃん？」

「静かな大晦日もいいと思います！」

「わかった。今日は声を我慢するスタイルだな」

「ぜんぜんわかってませんね？」

――まあ、わかった上であえて言ってるんでしょうけど！

羽毛布団の上から亜沙にのしかかってきた凌太朗が、天井の照明をバックライトにして不敵《ふてき》な笑みを浮かべる。

「わかってないのはそっちのほうだ」

「な、なんですか……？」

こちらの腰を跨《また》いだ格好で、彼は勢いよくパジャマ代わりのパーカーを脱ぎ捨てた。

――肉体美を披露することで、わたしが納得するとでも？　肉体って肉だから、肉好き女ならこの体がご褒美《ほうび》だろって言いたいんですか？

怪訝《けげん》な表情の亜沙に向かって、彼は上半身裸で腕組みしてみせる。

見下ろしてくる瞳には、強い意志が感じられた。

「この年末、とあるミッションを遂行した」

「はあ……？」

「つまり、おせちを好まないだろうと察した上で、俺はローストビーフを仕込んである」

「なっ……⁉　手作りローストビーフってことですか……！」

亜沙の予想を遥《はる》かに凌駕するミッションが申告された瞬間だった。

「で、ですが、自宅で作るローストビーフということは、ローストではなく湯煎なんじゃないですか？」

別に湯煎でも炊飯器調理でも問題などなくおいしくいただくのだが、なんとなく負けじと言い返してみる。

相手は、それを待っていたとばかりに胸を張った。

「あなどるなよ？　このためにロースターとミートサーモメーターを購入した。グレービーソースも手作りだ」

「つっ……！」

——みーとさーもめーたーって何？

何かわからないけれど、強そうな名前なのは間違いない。

「……おまえ今、ミートサーモメーターがわかってないだろ」

「はい。何か肉をおいしくするものかなーと想像してます」

「肉用の温度計だよ。塊肉に刺して、内部の温度を計る」

「才賀さん！」

説明を聞いた亜沙は、腹筋に全力を込めて上半身を起こした。

跨がる男の胸に、両腕で抱きつく。

「なっ、あ、亜沙……？」

「わたし、感動しました。才賀さんがそこまで肉のことを考えてくれるだなんて。愛情ですね。これを愛と呼ばずになんと呼ぶべきか……！」

すでに亜沙はローストビーフの口になっている。おせちの代わりというからには、明朝には食べさせてもらえるはずだ。

――お正月、年のはじめのひと口目がローストビーフなんて最高すぎる！

「まあ、愛というなら愛だな」

「はい。まごうことなき愛です」

「愛してるよ、亜沙」

「んぐっ……!?」

くいと顔を上げさせられ、唇が奪われた。

ローストビーフより温かい彼の舌が、甘く腟内を弄《まさぐ》ってくる。

「ん、んっ……」

「声、我慢しろよ。今夜は静かな大晦日なんだろ？」

羽毛布団が剥《は》がされて、亜沙の体が凌太朗によってほどかれていく。

心も体も食欲もしっかりと握られてしまった。

「お、大晦日ですよ、才賀さん……っ」

「ああ、大晦日だ。今年の総決算といくか」

彼は早くも屹立《きつりつ》した下腹部を隠すことなく、今年いちばんの笑顔を見せる。

——大晦日って、そういう日でしたっけ⁉

首筋にキスされて、亜沙は懸命に声をこらえた。

「我慢できたらご褒美やるよ」

「ご褒美って……？」

「取り寄せておいたスペイン産のハモン・セラーノを山盛りにしたパスタなんてどうだ？」

「乗りましょう」

大晦日の夜は更けていく。

遠く、除夜の鐘が聞こえるころになっても、シングルベッドの上のふたりの息遣いが室内に響いていた。

性欲モンスターと呼ばれる彼の愛情は、明け方近くまで惜しげなく亜沙に注がれる。

静かな大晦日だったかどうかはさておき、きっと明日になればローストビーフと生ハムは亜沙の口に入ることになるだろう。

愛情と快楽と食欲が絡み合う今年最後の夜。

ふたりが幸せだったことは言うまでもない——

あとがき

ナイトスターブックス、創刊おめでとうございます＆ご購入ありがとうございます。

作者の麻生ミカリと申します。はじめましての方もお久しぶりの方も、なにとぞよろしくお願いします。

このたびは『そこはダメです、才賀さん！』をお手にとっていただき、まことにありがとうございます！

実に攻めたカバーイラストの本書ですが、内容はそこまで攻めてないです。わりと普通のもだもだする恋愛模様。ただし、わたしの書く話はよく友人から「ヒーローがヒロインの話を聞いていない」と言われるのですが、今回はそのパターンを逆転させて「ヒロインがヒーローの話を聞いていない」を目指しました。

好きな子に翻弄されるイケメンは、春夏秋冬おいしゅうございます。ありがとう、才賀さん。

本作のヒーローである才賀湊太朗ですが、彼の名前は坂本龍馬の偽名のひとつと言われる才谷梅太郎からイメージしています。キャラとしては坂本龍馬まったく関係ありません。幕末好きの方、ごめんなさい。

ライバルも出てこなければ、大きな事件もない。とてもシンプルな恋愛中心のお話です。ちょっと肉も中心かもしれません。

気軽に読んでいただける作品になっているんじゃないかなと思います。なっていたらいいな！（願望）

さて、前述しましたがインパクト抜群の攻め表紙イラストを描いてくださった、アオイ冬子先生。デビュー時期も近く、これまで幾度もお仕事をご一緒させていただきましたが、男性ひとりの表紙絵を描いていただいたのは初めてでした。

アオイ先生、たまらなく魅力的な才賀さんと亜沙をありがとうございます。まさに魂を吹き込んでいただき、キャラたちがいきいきと動き出した感じがします。

最後になりましたが、この本を読んでくださったあなたに最大級の感謝を込めて。

クリスマス直前の発売日、クリスマスで終わる物語を上梓できることをとても嬉しく思います。多くの人のご協力を得て作家生活を送っていますが、読んでくださる方がいるからこそわたしは作家でいられます。あなたのおかげです。

またどこかでお会いできる日を願って。それでは。

Merry Christmas and Happy New Year　麻生ミカリ

そこはダメです、才賀さん！

2021年12月28日 初版発行

著者　麻生ミカリ（あそう・みかり）
イラスト　アオイ冬子（あおい・ふゆこ）

編集　J's パブリッシング／新紀元社編集部
デザイン　秋山美保
DTP　株式会社明昌堂

発行者　福本皇祐
発行所　株式会社新紀元社
〒101-0054　東京都千代田区神田錦町1-7　錦町一丁目ビル2F
TEL 03-3219-0921 ／ FAX 03-3219-0922
http://www.shinkigensha.co.jp/
郵便振替　00110-4-27618

印刷・製本　中央精版印刷株式会社

ISBN978-4-7753-1973-4